CYRANO
DE BERGERAC

EDMOND ROSTAND

Traducción:
MAURO ARMIÑO

EDIMAT LIBROS

Ediciones y Distribuciones Mateos

Calle Primavera, 35
Polígono Industrial El Malvar
28500 Arganda del Rey
MADRID - ESPAÑA

ISBN: 84-8403-582-4
Depósito legal: M-35745-2000

Autor: Edmond Rostand
Traductor: Mauro Armiño
Diseño de cubierta: Juan Manuel Domínguez
Impreso en: BROSMAC
Traducción cedida por Editorial Ramón Sopena, S.A. (Barcelona)

EDMCSelCYBE
Cyrano de Bergerac

IMPRESO EN ESPAÑA- PRINTED IN SPAIN

3 6109 00224 0973

Quisiera dedicar este poema al alma de Cyrano. Pero ya que ella ha pasado a vos, COQUELIN, a vos os lo dedico.

E. R.

PERSONAJES

CYRANO DE BERGERAC.
CRISTIÁN DE NEUVILLETE.
CONDE DE GUICHE.
RAGUENEAU.
LE BRET.
CARBON DE CASTEL-JALOUX.
LIGNIERE.
DE VALVERT.
MONTFLEURY.
BELLEROSE.
JODELET.
CUIGY.
D'ARTAGNAN.
BRISSAILLE.
Un importuno.
Un mosquetero.
Un oficial español.
El portero.
Un burgués.
Su hijo.
Un ratero.
Un guardia.
Un capuchino.
Dos laudistas.
ROSANA.
SOR MARTA.
LISA.
La cantinera.
SOR MARGARITA DE JESÚS.
La dueña.
SOR CLARA.
La florista.

La multitud, ciudadanos, marqueses, mosqueteros, burgueses, rateros, pasteleros, poetas, cadetes, comediantes, músicos, pajes, niños, soldados españoles, espectadores y espectadoras, damas, monjas, etc.(Los cuatro primeros actos en 1640; el quinto, en 1655.)

PRIMER ACTO

Una representación en el teatro de Borgoña

Sala del teatro de Borgoña, en 1640. Especie de cobertizo del juego de pelota, dispuesto y adornado para dar representaciones teatrales. La sala es rectangular; la vemos oblicuamente, de forma que uno de sus lados es el fondo que, partiendo del primer término de la izquierda, llega hasta el último de la derecha para formar ángulo con el escenario que aparece cortado.

A cada uno de los lados de este escenario y a lo largo de los bastidores hay bancos. Forman el telón dos tapices corredizos. Encima de las bambalinas, las armas reales. Del estrado al patio se desciende por una ancha gradería; a ambos lados de ésta, el lugar destinado a los músicos. Batería de candilejas.

Dos pisos superpuestos de galerías laterales: el superior dividido en palcos. El patio, que en realidad no es más que la escena del teatro, está vacío: sin embargo, al fondo del mismo, o sea, a derecha y en primer término, hay algunos bancos formando graderíos: debajo de una escalera de la que sólo vemos el principio y que sube hacia las localidades superiores, se halla un pequeño mostrador, adornado con candelabros, vasos de cristal, platos con pasteles, jarrones de flores, etcétera.

En el fondo, al centro y bajo la galería de palcos, la entrada del teatro. Amplia puerta que se entreabre para dar paso a los espectadores. Sobre los batientes de esta puerta, encima del mostrador y en diversos rincones de la sala, se ven carteles con letras rojas que dicen: LA CLORIS.

Al levantarse el telón, la sala está en penumbra y vacía. Las arañas se encuentran en el centro del patio, muy bajas, esperando que las enciendan.

ESCENA PRIMERA

El público va llegando poco a poco. Caballeros, un bur-gués, lacayos, pajes, rateros, el portero, etc.; después los marqueses, CUIGY, BRISSAILLE, *la cantinera, los músicos, etc. Se oye detrás de la puerta un gran vocerío. De repente, entra un caballero.*

EL PORTERO. *(Persiguiéndole.)*
¡Eh! ¡Quince sueldos!

EL CABALLERO.
¡Yo entro gratis!

EL PORTERO.
¿Por qué?

EL CABALLERO.
Pertenezco a la Casa Real.

EL PORTERO. *(A otro caballero que acaba de entrar.)*
¿Y vos?

SEGUNDO CABALLERO.
Yo no pago: soy mosquetero.

PRIMER CABALLERO. *(Al segundo.)*
La función no comienza hasta las dos y no hay nadie en la sala. Practiquemos, si os place, con el florete. *(Hacen esgri-ma con sus espadas.)*

UN LACAYO. *(Entrando.)*
¡Pst...! ¡Flanquin!

OTRO LACAYO. *(Que acaba de entrar.)*
¿Champagne...?

PRIMER LACAYO. *(Enseñándole los juegos que saca de su jubón.)*
Cartas o dados... ¿Qué prefieres? *(Guarda los dados.)* Tú repartes.

SEGUNDO LACAYO. *(Sentándose como el otro.)*
De acuerdo, granuja.

PRIMER LACAYO. *(Saca de su bolsillo un cabo de vela; lo enciende y lo pega en el suelo.)*
Le robé a mi amo un poco de luz.

UN GUARDIA. *(A una florista que entra.)*
¡Qué bien que hayas venido antes de empezar! *(La coge por la cintura.)*

UN ESPADACHÍN. *(Al recibir una estocada.)*
¡Tocado!

UN JUGADOR.
¡Bastos!

EL GUARDIA. *(Persiguiendo a la muchacha.)*
¡Dame un beso!

LA FLORISTA. *(Desasiéndose.)*
¡Quita! ¡Nos pueden ver...!

GUARDIA. *(Llevándola a un rincón oscuro.)*
No temas, ¡no hay peligro!

UN HOMBRE. *(Sentándose en el suelo junto a otros que han traído comida.)*
¡Qué a gusto se come cuando se llega pronto!

UN BURGUÉS. *(Entrando con su hijo.)*
¡Sentémonos allí, hijo mío.)

UN JUGADOR.
¡Yo gano! ¡Llevo el as!

UN HOMBRE. *(Sacando una botella de debajo de su capa y sentándose, dice con solemnidad.)*

¡Un buen borracho, en el palacio de Bergoña *(bebe)* su borgoña ha de beber!

EL BURGUÉS. *(A su hijo.)*

¿Quién podrá negar que nos hallamos en un antro? *(Señala al borracho con su bastón.)* ¡Borrachos...!

(En el curso de la pelea uno de los caballeros le empuja.) ¡Espadachines...! *(Cayendo en medio de los jugadores.)* ¡Jugadores!

EL GUARDIA. *(Que detrás de él, continúa persiguiendo a la mujer.)*

¡Dame un beso!

EL BURGUÉS. *(Alejandro rápidamente a su hijo.)*

¡Y pensar, hijo mío, que en un tugurio se han representado las obras de Rotrou!

EL JOVEN.

¡Y las del gran Corneille!

(Un grupo de pajes, cogidos de la mano, entra cantando y bailando.)

EL PORTERO.

¡Malditos pajes! *(Con severidad.)* ¡Mucho cuidado!

PRIMER PAJE. *(Con dignidad herida.)*

¡Oh, excelencia!... ¿pensáis acaso que...? *(Cuando el portero se vuelve, pregunta al paje segundo:)* ¿Has traído la cuerda?

SEGUNDO PAJE.

¡Y el anzuelo!

PRIMER PAJE.

Ya verás como pescamos alguna peluca desde arriba.

UN RATERO. *(Agrupando a su alrededor a varios tipos mala catadura.)*

¡Venid acá, ganujas! Ya que sois novatos en el oficio, yo os enseñaré.

SEGUNDO PAJE. *(Grita a otros que están en las galerías superiores.)*

¡Eh! ¿trajisteis los cañutos?

TERCER PAJE.

Sí, y también las majuelas.

(Sopla por el cañuto y acribilla a los de abajo con majuelas.)

EL JOVEN. *(A su padre.)*

¿Qué van a representar?

EL BURGUÉS.

«La Cloris.»

EL JOVEN.

¿Quién es el autor?

EL BURGUÉS.

Baltasar Baró. ¡Qué obra!... Ya verás.

(Se aleja del brazo de su hijo.)

EL RATERO. *(A sus secuaces.)*

Siempre que veáis un encaje ondulado, ¡cortadlo!

UN ESPECTADOR. *(A otro, señalando un rincón del teatro.)*

Mirad, cuando estrenaron «El Cid», yo estaba allí.

EL RATERO. *(Haciendo con los dedos ademán de robar algo.)*

Los relojes... ¡así!

EL BURGUÉS. *(Reapareciendo con su hijo.)*

Podrás ver actores tan ilustres como Montfleury...

EL RATERO. *(Haciendo ademán de tirar de algo con movimientos furtivos.)*

Los pañuelos...

UNA VOZ. *(Desde la galería superior.)*

¡A ver si encienden las luces!

EL BURGUÉS.

Bellerose, l'Épy, la Beaupré, ¡Jodelet!...

UN PAJE. *(Desde el patio.)*

Por fin ha llegado la cantinera.

LA CANTINERA. *(Apareciendo detrás del mostrador.)*

¡Naraaanjada!... ¡leeeche!... ¡agua y juuuuuuugo de frambuesas!...

(Confuso murmullo en la puerta.)

UNA VOZ EN FALSETE.

¡Dejaz paso, brutos!

UN LACAYO. *(Asombrado.)*

¿Los marqueses aquí?

OTRO LACAYO.

¡Bah! Sólo estarán unos minutos.

(Entra un grupo de jóvenes marqueses.)

UN MARQUÉS. *(Viendo la sala casi vacía.)*

¡Pero si todavía no ha llegado la gente!...¡Maldita sea!... ¡Tendremos que entrar sin molestar ni pisar a nadie! *(Ve a otros gentilhombres que habían llegado momentos antes.)* ¡Cuigy! ¡Brissaille!

¡Cuigy! ¡Brissaille!

(Se abrazan.)

CUIGY.

Puntuales, ¿eh? ¿Desde cuándo llegáis antes de que enciendan las arañas?

EL MARQUÉS.

¡No me habléis! ¡Estoy de un humor!...

SEGUNDO MARQUÉS.

Sosegaos, marqués. Ahí llega el encargado de las luces.

(La gente saluda con gritos la llegada del encargado. Algunos se concentran en torno a las lámparas que va encendiendo, mientras otros se sientan en las galerías. Ligniere entra en el patio en compañía de Cristián de Neuvillete. Ligniere, un poco desaliñado, es el clásico tipo de borracho distinguido. Cristián, vestido elegantemente aunque a la antigua, parece preucupado y mira constantemente a los palcos.

ESCENA II

Los mismos, CRISTIÁN, LIGNIERE; *después,* RAGUENEAU y LE BRET.

CUIGY.
¡Ligniere!

BRISSAILLE, *(Riendo.)*
¿Pero aún no estás borracho?

LIGNIERE. *(En voz baja, a Cristián.)*
¿Queréis que os presente? *(Asentimiento de Cristián.)*
El barón de Neuvillette.

CUIGY. *(Mientras saluda, dice a Brissaille:)*
¡Buena figura la del joven!

PRIMER MARQUÉS. *(Que lo ha oído.)*
¡Bah!... ¡No tanto!...

LIGNIERE. *(A Cristián.)*
El señor de Cuigy. El señor de Brissaille.

CRISTIÁN. *(Inclinándose.)*
¡Encantado!

PRIMER NARQUÉS. *(Al segundo.)*
No está mal, pero no viste a la moda.

LIGNIERE. *(A Cuigy.)*
Mi amigo acaba de desembarcar en Turena.

CRISTIÁN.

Hace apenas veinte días que me hallo en París. Me incorporo mañana a la guardia de Cadetes.

PRIMER MARQUÉS. *(Mirando a las personas que entran en los palcos.)*

¡Mirad quién ha llegado: La presidenta Aubry!

CANTINERA.

¡Naraaaanjaaaada!... ¡Leche Freeeeesca!...

(Los músicos afinan sus instrumentos.)

CUIGY. *(A Cristián, mostrándole la sala casi llena.)*

¡Mucha gente!

CRISTIÁN.

Sí mucha.

PRIMER MARQUÉS.

¡La flor y nata de París!

(A medida que las mujeres, alegantemente ataviadas, entran en los palcos, van diciendo sus nombres. Se cruzan saludos y sonrisas.)

SEGUNDO MARQUÉS.

La señora de Guéméné...

CUIGY.

La de Bois-Dauphin...

PRIMER MARQUÉS

A las que todos amamos apasionadamente.

BRAISSAILLE.

La señora de Chavigny...

SEGUNDO MARQUÉS.

¡Que destroza nuestros corazones!

LIGNIERE.

Mirad, el señor Corneille ha llegado de Ruán.

EL JOVEN. *(A su padre.)*

¿Ha venido la Academia?

EL BURGUÉS.

Veo alguno de sus miembros. Allí están Boudou, Boissat, Cureau de la Chambre, Porchères, Colomby, Bourzeys, Bourdon, Arbaud... ¡Nombres excelsos que la muerte no borrará!

PRIMER MARQUÉS.

¡Atención! Nuestras hermosas toman asiento: ¡Bartenoidea, Urimedonte, Casandace, Felicidad...!

SEGUNDO MARQUÉS. *(Extasiado.)*

¡Qué apodos tan deliciosos! ¿Los sabéis todos, marqués?

PRIMER MARQUÉS.

¡Todos sin excepción!

LIGNIERE. *(Llevando a Cristián aparte.)*

¡Querido amigo!... entré aquí por complaceros. Como la dama no viene, yo me vuelvo a mi vicio.

CRISTIÁN. *(Suplicante.)*

No, os lo ruego. Vos conocéis a todos los que viven en la corte. ¡Quedaos y decidme el nombre de quien me mata de amor!

PRIMER VIOLÍN. *(Golpeando el atril con su arco.)*

Señores... ¡atención! *(Levanta el arco.)*

LA CANTINERA.

¡Almendraaaas!... ¡Limonaaaaada freeescaaa!...
(Los violines comienzan a tocar.)

CRISTIÁN.

¡Temo que sea coqueta y frívola! No me atrevo a hablarle! Carezco de ingenio... me pongo nervioso... ¡Sólo soy un tímido soldado! *(Para sí.)* Ella se sienta siempre a la derecha, allí, en el palco... pero está vacío.

LIGNIERE. *(Haciendo ademán de salir.)*

Yo me marcho.

CRISTIÁN. *(Reteniéndole.)*

¡Quedaos, por favor!... ¡os lo suplico!

LIGNIERE.

No puedo. El señor de Assoucy me espera en la taberna. Aquí me muero de sed.

LA CANTINERA. *(Pasando delante de él con una bandeja.)*

¿Qué queréis?... ¿Leche, naranjada?

LIGNIERE.

¡Puaf!... ¡qué asco!

LA CANTINERA.

¿Y qué os parece un rivasalta?

LIGNIERE. *(A Cristián.)*

Me quedo un rato más. ¡Vamos a probar ese rivasalta!

(Se sienta junto al mostrador mientras la cantinera le sirve. Gritos entre el público al aparecer un hombrecillo regordete y risueño.)

VOCES.

¡Ragueneau! ¡Ragueneau!

LIGNIERE. *(A Cristián.)*

¡Es el gran pastelero Ragueneau!

RAGUENEAU. *(Vestido de pastelero endomingado, se dirige resueltamente a Ligniere.)*

¿Habéis visto al gran Cyrano?

LIGNIERE. *(Presentándolo a Cristián.)*

Os presento al pastelero de los comediantes y de los poetas.

RAGUENEAU. *(Confundido.)*

¡Es demasiado honor para mí!

LIGNIERE.

¡Un gran Mecenas!

RAGUENEAU.

Si con eso os dais a entender que esos señores en mi casa se sirven...

LIGNIERE.

¡A crédito, claro está! Además, Ragueneau es poeta de talento.

RAGUENEAU.

Eso dicen ellos.

LIGNIERE.

Los versos son su perdición. Es capaz de dar un pastel por un pequeño poema.

RAGUENEAU.

¡Oh, no! Si el poema es pequeño... ¡un pastelillo solamente!

LIGNIERE.

Como podéis apreciar, es ingenioso aunque se excuse.
¿Y qué dais por una letrilla?

RAGUENEAU. *(Un poco avergonzado.)*

Un bollo.

LIGNIERE.

Sí... ¡pero un bollo de crema! Y el teatro ¿os gusta?

RAGUENEAU.

¡Me apasiona!

LIGNIERE. *(Volviéndose a Cristián.)*

Aquí donde le veis, paga con dulces las entradas de teatro.
¿Cuántos os ha costado, si se puede saberse, el hallaros hoy entre nosotros?

RAGUENEAU.

Cuatro flanes y quince suizos. *(Mirando a todas partes.)*
¿Cyrano no ha llegado todavía? Me extraña mucho.

LIGNIERE.

¿Por qué?

RAGUENEAU.

Porque Montfleury actúa.

LIGNIERE.

Estáis en lo cierto: ese tonel interpretará para nosotros esta noche el papel de Fedón. Pero ¿qué le importa eso a Cyrano?

RAGUENEAU.

¡Ah! ¿Ignoráis lo que sucede? Odia a Montfleury y le ha prohibido salir a escena durante un mes.

LIGNIERE. *(Que ya va por su cuarto vaso de rivasalta.)*

¿Y...?

RAGUENEAU.

Pues que Montfleury saldrá a escena.

CUIGY. *(Que se ha acercado al grupo.)*

Cyrano no podrá impedirlo.

RAGUENEAU.

¡Ya veremos lo que pasa!

PRIMER MARQUÉS.

¿Quién es ese Cyrano?

CUIGY.

Un diestro espadachín.

SEGUNDO MARQUÉS.

¿Noble?

CUIGY.

Lo suficiente. Pertenece a la guardia de Cadetes. *(Señalando a un gentilhombre que da vueltas por la sala buscando a alguien.)* Su amigo Le Bret podrá deciros más. *(Le llama.)* ¡Le Bret! ¡Le Bret! *(Le Bret desciende hacia ellos.)* ¿Buscáis sl señor de Bergerac?

LE BRET.

Sí, estoy preocupado.

CUIGY.

Decía a mis amigos que Cyrano no es un hombre vulgar. ¿Qué opináis vos?

LE BRET. *(Entusiasmado.)*

Que es el ser más exquisito de la tierra.

RAGUENEAU.

¡Un poeta genial!

LIGNIERE.

¡Un gran espadachín!

BRISAILLE.

¡Cultiva la Física!

LE BRET.

¡Ama apasionadamente la música!

LIGNIERE.

¿Y qué me decís de su extravagante aspecto?

RAGUENEAU.

No creo que un pintor solemne como Felipe de Champagne lo refleje en sus lienzos. Pero su aire extraño, grotesco, extravagante y ridículo hubiera podido inspirar al genial Callot, el consumado espadachín de sus mascaradas: sombrero de tres plumas, jubón con seis faldones y capa que, por detrás, levanta con orgullo el estoque como cola de insolente gallo. Es más fiero que todos los Artabanes que la Gascuña trajo al mundo. Sobre su golilla, cual la de Polichinela, cae una nariz... ¡Y qué nariz, señores, qué nariz!... Al ver pasar tamaño nariguado uno exclama: «No, no es posible... Por favor, ¡esto pasa de la raya!», pensando que no es más que una broma, que se trata de una careta y se la quitará al instante... Pero Cyrano no se la quitará nunca.

LE BRET. *(Bajando la cabeza.)*

No puede... ¡Y desgraciado de aquél que se quede mirándola!

RAGUENEAU. *(Con vigor.)*

¡Su espada es la guadaña de la muerte!

PRIMER MARQUÉS. *(Encogiéndose de hombros.)*

¡Bah!, seguro que no viene.

RAGUENEAU.

Vendrá. Os apuesto un pollo de la casa Ragueneau.

PRIMER MARQUÉS. *(Riendo.)*

Aceptada la apuesta.

(Rumores de admiración en la sala. Rosana acaba de aparecer en su palco; se sienta en primer término y, detrás su dueña. Cristián, ocupado en pagar a la cantinera, no se da cuenta.)

SEGUNDO MARQUÉS. *(Suspiraando.)*

¡Amigos!, ¡ella sí que es peligrosamente maravillosa!

PRIMER MARQUÉS.

Parece un melocotón que sonríe con boca de fresa.

SEGUNDO MARQUÉS.

La frescura de su piel podría helar el corazón de quien se acerca a ella.

CRISTIÁN. *(Levanta la cabeza, repara en Rosana y coge violentamente a Ligniere por el brazo.)*

¡Aquélla, aquélla es!

LIGNIERE. *(Mirándola.)*

¿Conque es aquélla, eh?

CRISTIÁN.

Sí. Aprisa, decidme quién es.

LIGNIERE. *(Saboreando con deleite su rivasalta.)*

Magdalena Robin, llamada Rosana. Exquisita, hermosa, libre, huérfana y prima de Cyrano, del que se hablaba hace un instante.

(En este momento un caballero elegantemente vestido, luciendo sobre el pecho el Cordón Azul, entra en el palco de Rosana y, de pie, habla con ella un momento.)

CRISTIÁN. *(Sobresaltado.)*

¿Quién es ese hombre?

LIGNIERE. *(Que comienza a dar muestras de estar borracho.)*

Nada menos que el conde de Guiche, su más ferviente admirador; pero como está casado con una sobrina de Richelieu, desea unir en matrimonio a Rosana con un cierto noblecillo, el vizconde de Valvert, que, sin duda alguna, le dajará el camino libre. Rosana no cede, pero De Guiche es muy poderoso: a una simple burguesa puede perseguirla con toda tranquilidad. He denunciado su vil maniobra en una cancioncilla, cuyo final, sobre todo, ha volcado su odio sobre mi persona. *(Se levanta titubeando, con un vaso en la mano y dispuesto a recitar.)*

CRISTIÁN.

¡No! ¡Buenas noches!

LIGNIERE.

¿Os vais?

CRISTIÁN.

¡A ver si puedo hablar con ese vizconde!

LIGNIERE.

¡Cuidado, os matará! *(Señalando de reojo a Rosana.)* Quedaos. Ella os mira.

CRISTIÁN.

¡Cielo santo, es verdad!

(Se dedica a contemplar; el grupo de rateros, al verle con la cabeza alta y boquiabierto, se acerca a él.)

LIGNIERE.

Yo me marcho. Tengo sed y me esperan en los mesones.
(Sale tambaleándose.)

LE BRET. *(Que ha dado una vuelta por la sala, se dirige a Ragueneau, más tranquilo.)*
¡Cyrano no ha venido!

RAGUENEAU. *(Incrédulo.)*
Esperad un poco. Todavía puede llegar.

LE BRET.

¡Ojalá no haya visto los carteles!

(La sala comienza a impacientarse y se oyen gritos pidiendo que empiece la representación.)

ESCENA III

Los mismos, excepto LIGNIERE; DE GUICHE, VALVERT, *después* Montfleury.

PRIMER MARQUÉS. *(Viendo que De Guiche, rodeado de aduladores entre los que se encuentra el vizconde Valvert, baja del palco y atraviesa el patio.)*

¡Muchos seguidores tiene ese De Guiche!

SEGUNDO MARQUÉS.

¡Bah!... ¡Es un gascón!

PRIMER MARQUÉS.

Un gascón sevil y frío que siempre llega donde se propone. Nos conviene saludarle. *(Se dirigen hacia De Guiche.)*

SEGUNDO MARQUÉS.

¡Bellas cintas, querido conde! ¿De qué color son: «Bésame niña querida» o «Vientre de sapo»?

DE GUICHE.

Color de «Español enfermo».

PRIMER MARQUÉS.

El color no miente, pues gracias a vuestro valor, el pabellón español retrocederá en Flandes.

DE GUICHE.

Yo subo a escena, ¿me acompañáis? *(Se dirige hacia las tablas seguido de los marqueses y gentilhombres. De pronto se vuelve y llama:)* ¡Valvert!

CRISTIÁN. *(Que les ha escuchado y observado se estremece al oír este nombre.)* ¡El vizconde!... ¡Ése es! ¡Le arrojaré al rostro mi...! *(Mete la mano en su bolsillo y encuentra en él la de un ratero. Se vuelve sorprendido.)* ¿Qué es esto? Yo buscaba mi guante... *(Sin soltarle la mano.)*

EL RATERO. *(Con sonrisa forzada.)*

Y encontráis una mano, señor. *(Cambiando el tono que se vuelve confidencial.)* Si me soltáis, os confiaré un secreto.

CRISTIÁN. *(Que sigue reteniéndole.)*

¿Cuál?

EL RATERO.

Vuestro amigo Ligniere, que acaba de marcharse, va a morir. Una de sus canciones molestó a cierto noble, y esta noche le esperan cien hombres para...

CRISTIÁN.

¿Quién es el autor de esa encerrona?

EL RATERO.

No puedo decirlo. Discreción profesional.

CRISTIÁN.

¿Dónde le esperan?

EL RATERO.

En la puerta de Nesle, en el camino hacia su casa. ¡Prevenidle!

CRISTIÁN. *(Que por fin le suelta.)*

¿Dónde le encontraré?

EL RATERO.

Id por los mesones «El lagar de oro», «Las dos antorchas», «El cinturón roto», «Los tres embudos»... Dejadle en cada sitio una nota de aviso.

CRISTIÁN.

¡Ah, canallas!... ¡Cien hombres contra uno solo!... *(Mira amorosamente a Rosana.)* ¡Tener que dejarla ahora!... (Se *vuelve airado hacia Valver.)* ¡Y a ése!... Pero es necesario salvar a Ligniere. *(Sale corriendo.)*

De Guiche, el vizconde, los marqueses y todos los gentil-hombres, han desaparecido detrás del telón para tomar asiento en los bancos del escenario. Tanto los palcos de las galerías como el patio del teatro están abarrotados de público. La sala sigue pidiendo a gritos que comience la representación.)

UN BURGUÉS. *(Cuya peluca sale volando al ser pescada por el anzuelo de un paje de la galería superior.)*
¡Mi peluca!
(Entre gritos, la gente celebra la acción de los pajes.)

VOCES.
¡Ja, ja!... ¡Está calvo!... ¡Bravo!... ¡Vivan los pajes!...

EL BURGUÉS. *(Enfurecido y amenazado con el puño.)*
¡Malditos bribonzuelos!
(Risas y gritos se van apagando hasta llegar a un silencio total.)

LE BRET. *(Asombrado.)*
¿Por qué este repentino silencio?
(Un espectador le habla en voz baja.)

EL ESPECTADOR.
Acaban de asegurármelo.

VOCES.
¡Silencio!... ¿Es verdad?... ¡No!... ¡Sí!... ¡En aquel palco de celosías!... ¡El Cardenal!... ¿El Cardenal?... ¡Sí, el Cardenal!

UN PAJE.
¡Diablos!... ¡Ya no podremos movernos!
(Se dan las tres señales desde el escenario. La gente se inmoviliza esperando.)

VOZ DE UN MARQUÉS. *(Detrás del telón.)*
¡Despabilad esa vela!

OTRO MARQUÉS. *(Sacando la cabeza por la abertura del telón.)*

¡Una silla!

(Una silla pasa de mano en mano por encima de las cabezas. El marqués la coge y desaparece, no sin antes dirigir algunos besos a los palcos.)

UN ESPECTADOR.

¡Silencio!

(Vuelven a oírse las tres señales y se abre el telón. Cuadro. Los marqueses están sentados en los bancos situados al lado de los bastidores, en actitud insolente. El foro representa un decorado campestre de color azul. Cuatro pequeñas arañas iluminan las escena. Los violines tocan dulcemente.)

LE BRET. *(A Ragueneau, en voz baja.)*

¿Crees que Montfleury saldrá?

REGUENEAU. *(BAJO TAMBIÉN.)*

Ahora lo veremos porque aparece el primero.

LE BRET.

Pues Cyrano no ha venido.

RAGUENEAU.

Me parece que ha perdido la apuesta.

LE BRET.

¡Tanto mejor!

(Se oye un aire de dulzaina. Montfleury aparece en escena vestido de pastor, con un sombrero lleno de flores caído sobre la oreja y tocando una gaita adornada con cintas. Los espectadores gritan aplaudiendo a Montfleury.)

MONTFLEURY. *(Después de saludar, comienza a interpretar su papel.)*

> ¡Feliz aquél, que lejos
> de la corte,
> en un lugar solitario

a sí mismo se impone
destierro voluntario!
¡Feliz aquél, que cuando
sopla en el bosque el céfiro...

UNA VOZ. *(En el centro del patio.)*
    ¡Granuja! ¿no te he prohibido salir a escena en un mes?
    (Estupor entre el público que se vuelve.)

GRITOS.
    ¿Qué pasa?... ¿Qué es esto?... ¿Quién es?...
    (Los de los palcos se levantan para ver.)

CUIGY.
    ¡Es él!

LE BRET. *(Aterrorizado.)*
    ¡Cyrano!

VOZ DE CYRANO.
    ¡Fuera de escena, grandísimo payaso! ¡Fuera ahora
mismo!
    (La sala prorrumpe en un grito de indignación.)

MONTFLEURY.
    Pero si...

VOZ DE CYRANO.
    ¿Te resistes?
    *(Tanto en el patio como en los palcos, diversas voces ins-
tigan a Montfleury a continuar.)*

VOCES.
    ¡Basta de bromas!... Montfleury, ¡continúa!... ¡Qué
sigas!... ¡No tengas miedo!...

MONTFLEURY. *(Con voz dubitativa.)*

        ¡Feliz aquél, que lejos
    de la cor...

VOZ DE CYRANO. *(Amenazadora.)*
   ¡Bellaco! ¿Será necesario que te muela a palos?
   (Un brazo enarbola un bastón por encima de las cabezas.)

MONTFLEURY. *(Con voz más débil aún.)*
   ¡Feliz aquél...
   (El bastón se agita.)

VOZ DE CYRANO.
   ¡Fuera he dicho!
   (Los espectadores siguen animando a Montfleury.)

MONTFLEURY. *(Atragantándose.)*

> ¡Feliz aquél, que lejos
> de la cort...

CYRANO. *(Surgiendo de entre los espectadores, de pie sobre una silla, con los brazos cruzados, eel sombrero ladeado, el mostacho hirsuto y su terrible nariz.)*
   ¡Estás acabando con mi paciencia!
   (Sensación entre la gente al verle.)

ESCENA IV

Los mismos y CYRANO; *después* BELLEROSE *y* JODELET.

MONTFLEURY. *(A los marqueses.)*
   ¡Ayudadme, caballeros.)

UN MARQUÉS. *(Con desgana.)*
   ¡Continuad la representación!

CYRANO.
   ¡Tonel de manteca!, ¡si sigues, me veré obligado a abofetearte!

LOS MARQUESES.
   ¡Basta!

CYRANO.

¡Que los marqueses se callen y se sienten o las cintas de sus sombreros penderán de mi bastón!

TODOS LOS MARQUESES. *(Poniéndose en pie.)*

¡Es demasiado!... Montfleury...

CYRANO.

¡Que Montfleury se vaya o le corto las orejas y lo destripo!

UNA VOZ.

Pero...

CYRANO.

¡Que se marche!

OTRA VOZ.

Sin embargo...

CYRANO.

¿No lo he dicho suficientemente claro? *(Arremangándose.)* Voy a convertir la escena en un mostrador y a cortar trocitos esa mortadela de Italia.

MONTFLEURY. *(Recuperando su dignidad.)*

¡Insultáis a Talía al insultarme!

CYRANO. *(Muy cortés.)*

Si esa musa, caballero, tuviese el honor de conoceros, al veros tan bestia y tan gordo, creedme, ¡os clavaría en cierta parte su coturno!

EL PATIO.

¡Montfleury!... ¡Montfleury!... ¡La obra de Baró!...

CYRANO. *(A los que gritan a su alrededor.)*

Os suplico que tengáis compasión de mi vaina. Si continuáis, enseñará la hoja de la espada.

(El círculo se ensancha.)

LA MULTITUD. *(Retrocediendo.)*

¡Ah!...

CYRANO. *(A Montfleury.)*

¡Sal de escena ahora mismo!

LA MULTITUD. *(Acercándose y gruñendo.)*
   ¡Oh... oh!...

CYRANO. *(Volviéndose con rapidez.)*
   ¿Hay alguien que quiera preguntar algo?
   (Nuevo retroceso de la multitud.)

UNA VOZ. *(Cantando al fondo.)*
                 El señor Cyrano
                 es un tirano.
                 Pero, a su pesar,
                 «La Cloris» se representará.

TODA LA SALA. *(Cantando.)*
   ¡«La Cloris»!... ¡«La Cloris»!...

CYRANO.
   ¡Como vuelva a oír esa cantinela, arremeto contra todos!

UN BURGUÉS.
   ¡Ni que fuese Sansón!

CYRANO.
   ¿Estaríais dispuesto, caballero, a prestarme vuestra mandíbula?

UNA DAMA. *(Desde su palco.)*
   ¡Es inaudito!

UN CABALLERO.
   ¡Escandaloso!

UN BURGUÉS.
   ¡Vejatorio!

UN PAJE.
   ¡Lo que me estoy divirtiendo!

EL PATIO.
   ¡Kss!... ¡Montfeury!... ¡Cyrano!...

CYRANO.
   ¡Silencio!

EL PATIO. *(Delirando.)*
¡Uah!... ¡Kikirikiiii!... ¡Uah!... ¡Beee!...

CYRANO.
Os...

UN PAJE.
¡Miau!

CYRANO.
...os ordeno que calléis. Y dirijo un desafío colectivo al patio... Apunto el nombre de todo el que quiera batirse... ¡Que se vayan acercando los valientes!... Por orden, ¡por orden!... ¡A cada uno le daré un número! ¡Vamos!, ¡a ver quién es el primero en abrir la lista!... ¿Vos?... ¡No! ¿Vos?... ¡Tampoco! A ver quién es el primero. ¡Le daré el pasaporte con los honores que merece! ¡Que todos los que quieran morir levanten el dedo! *(Silencio.)* ¿Acaso el pudor os prohíbe contemplar desnuda mi espada?... ¡Ni un hombre!... ¡ni un solo dedo!... ¡Está bien!... ¡Entonces sigo! *(Volviéndose hacia el escenario donde Montfleury espera con angustia.)* Deseo ver el teatro libre de esta gangrena, si no... *(lleva la mano a su espada)* ¡aquí está el bisturí!

MONTFLEURY.
Yo...

CYRANO. *(Baja de su silla, se sienta en el centro del redondel que se ha formado y se instala como en su casa.)*
Voy a dar tres palmadas, luna llena. ¡A la tercera, te eclipsarás!

EL PATIO. *(Divertido.)*
¡Ah!

CYRANO. *(Dando una palmada.)*
¡Una!

MONTFLEURY.
Yo...

31

UNA VOZ. *(Desde uno de los palcos.)*
¡Quedaos!

EL PATIO.
¡Se queda!... ¡No!... ¡Yo creo que sí!...

MONTFLEURY.
Caballeros, yo creo que...

CYRANO.
¡Dos!

MONTFLEURY.
Sería mejor que...

CYRANO.
¡Y tres!
(Montfleury desaparece en un abrir y cerrar de ojos. Risas, silbidos y gritos.)

LA SALA.
¡Cobarde!... ¡Que vuelva!...

CYRANO. *(Alegre, se deja caer la silla cruzando las piernas.)*
¡Que vuelva si se atreve!

UN BURGUÉS.
¡Aquí llega el representante!
(Bellerose se adalanta y saluda.)

LOS PALCOS.
¡Ah!... ¡Ahí está Bellerose!...

BELLEROSE. *(Con elegancia.)*
¡Caballeros!...

EL PATIO.
¡No! ¡Queda salga Jodelet!

JODELET. *(Se adelanta y dice con voz nasal.)*
¡Hatajo de borregos!

EL PATIO.
¡Bravo!... ¡muy bien!...

JODELET.

¡Nada de bravos!... Esa foca cuyo vientre tanto os divierte, se ha sentido... indis...

EL PATIO.

¡Es un cobarde!..

JODELET.

Se ha visto obligado a salir...

EL PATIO.

¡Que regrese!

UNOS.

Eso, ¡que regrese!

OTROS.

¡No! ¡no!... ¡no queremos ni verle!...

UN JOVEN. *(Dirigiéndose a Cyrano.)*

¿Podrías aclararnos una cosa, caballero? ¿Por qué odiáis tanto a Montfleury?

CYRANO. *(Siempre sentado.)*

Jovencito, tengo dos razones y cada una de ellas suficiente. La primera: es un actor malísimo que grita los versos jadeando, peor que un aguador. La segunda es un secreto.

EL VIEJO BURGUÉS. *(Detrás de él.)*

Pero nos habéis privado, sin ningún escrúpulo, de ver «La Cloris».

CYRANO. *(Volviendo su silla hacia el burgués, le dice respetuosamente.)*

¡Vieja mula!, los versos del viejo Baró no valen nada y los he interrumpido sin ningún remordimiento.

LAS DAMISELAS. *(Desde sus palcos.)*

¡Ah!... ¡Hablar así de nuestro Baró!... ¡Habráse visto!... ¡Dios mío!...

CYRANO. *(Volviéndose hacia los palcos, con galantería.)*

Hermosas damas, brillad, floreced, escanciad el numen poético en el alma de los vates, enamorad a los muertos con vuestras sonrisas, inspiradnos versos... ¡pero no los juzguéis!

BELLEROSE.

¿Y quién va a devolver el dinero a esa gente?

CYRANO. *(Volviendo su silla hacia el escenario.)*

Al fin alguien ha dicho una cosa inteligente. No me gusta hacer agujeros en el manto de Tespis. *(Arroja una bolsa sobre el escenario.)* ¡Coged esa bolsa y callaos!

(Rumores de admiración en la sala.)

JODELET. *(Cogiendo rápidamente la bolsa y sopesándola.)*

A este precio, caballero, os permito que todos los días vengáis a interrumpir «La Cloris»... *(Y añade ante la insistencia de los gritos del público:)* ¡aunque tengamos que soportar estos berridos!

BELLEROSE.

¡Hay que evacuar la sala!

JODELET.

¡Salgan, por favor! ¡Despejen el local!

(La gente comienza a salir bajo la mirada satisfecha de Cyrano. Pero en seguida la multitud se detiene al iniciarse la siguiente escena. La salida cesa. Las mujeres, que ya se habían puesto en pie en sus palcos y habían recogido su manto, se para escuchar y terminan por sentarse.)

LE BRET. *(A Cyrano.)*

¡Estás loco!

UN IMPERTINENTE. *(Acercándose a Cyrano.)*

Si he de reconocer la verdad, Montfleury es un escándalo para el teatro, pero le protege el duque de Candale. ¿Tenéis vos algún amo?

CYRANO.

¡No!

EL IMPERTINENTE.

¿No lo tenéis?

CYRANO.

¡No!

EL IMPERTINENTE.

¿Pero ni siquiera un gran señor que os cubra con su nombre?

CYRANO. *(Irritado.)*

¡Os he dicho dos veces que no! ¿Es necesario que lo repita una vez más? No tengo ningún protector... *(lleva mano a su espada)* ¡pero sí una protectora!

EL IMPERTINENTE

¿Os marcharéis de la ciudad?

CYRANO.

Según. ¡Ya veremos!

EL IMPERTINENTE.

¡El duque de Candale tiene el brazo muy largo!

CYRANO.

Pero no tanto como el mío cuando le añado *(mostrando la espada)* esto.

EL IMPERTINENTE.

¡Ni en sueños pretenderéis...!

CYRANO.

¡Lo pretendo! Y ahora... ¡marchaos!

EL IMPERTINENTE.

Pero...

CYRANO.

¡Marchaos! Un momento... Decidme, ¿por qué miráis tanto mi nariz?

EL IMPERTINENTE. *(Asustado.)*

¡Que yo miraba...!

CYRANO.

¿Qué tiene de extraño?

EL IMPERTINENTE. *(Retrocediendo.)*
    Vuestra señoría se equivoca.

CYRANO.
    ¿Es blanda y colgante como una trompa?

EL IMPERTINENTE. *(Retrocediendo.)*
    Yo... no...

CYRANO.
    ¿O encorvada como el pico de un buho?

EL IMPERTINENTE.
    Yo...

CYRANO.
    ¿O acaso tiene una verruga en la punta?

EL IMPERTINENTE.
    Pero si...

CYRANO.
    ¿O alguna mosca por ella se pasea?... ¡Contestadme!
    ¿Tiene algo de extraño?

EL IMPERTINENTE.
    ¡Oh!

CYRANO.
    ¿Es un fenómeno?

EL IMPERTINENTE.
    Tuve mucho cuidado de no mirarla...

CYRANO.
    ¿Y por qué no la habéis mirado?

EL IMPERTINENTE.
    Yo había...

CYRANO.
    ¿Acaso os disgusta?

EL IMPERTINENTE.
    ¡Caballero!

CYRANO.

¿Tan mal color tiene?

EL IMPERTINENTE.

¡Oh no!, no es...

CYRANO.

Y su forma... ¿es obscena?

EL IMPERTINENTE.

¡Que va!... ¡Al contrario!

CYRANO.

¿Por qué la despreciáis entonces? ¡Quizás os parece un poco grande!...

EL IMPERTINENTE.

Me parece pequeña... muy pequeña... ¡pequeñísima!

CYRANO.

¿Qué?... ¿Cómo?...¿Acusarme de semejante ridículo? ¡Pequeña!...¿Que mi nariz es pequeña?

EL IMPERTINENTE.

¡Cielos!...

CYRANO.

¡Enorme!...Imbecil desnaringado. ¡mi nariz es grandísima! Y has de saber, cabeza de alcornoque, que estoy muy orgulloso de semejante apéndice. Porque una nariz grande es característica de un hombre afable, bueno, cortés, liberal y valeroso, tal como soy y tal como vos nunca podréis ser, ¡lamentable idiota!, porque una cara sin ninguna cosa especial *(le abofetea)*...

EL IMPERTINENTE.

¡Ay...!

CYRANO.

...está tan desnuda de orgullo, de gracia, de lirismo y de suntuosidad, ¡como ésta *(le vuelve por los hombros y une el gesto a la palabra)* a la que mi bota va a buscar debajo de vuestra espalda!

EL IMPERTINENTE. *(Huyendo.)*
  ¡Socorro!... ¡cuidado con ese hombre!

CYRANO.
  ¡Que esto sirva de aviso a los papanatas que encuentran divertido el centro de mi rostro. ¡Y si, por ventura, el mirón es noble, tengo por costumbre, antes de dejarle marchar, meterle por delante, y un poco más arriba, una espada en vez de la punta de mi bota!

DE GUICHE. *(Que baja del escenario acompañado por los marqueses.)*
  ¡Terminará aburriéndonos!

EL VIZCONDE DE VALVERT. *(Encogiéndose de hombros.)*
  ¡No es más que un fanfarrón!

DE GUICHE.
  ¿Y nadie va a responderle como se merece?

VALVERT.
  ¿Nadie?... ¡Esperad un momento y veréis!... *(Se dirige hacia Cyrano, que le observa, y se planta ante él con pedantería.)* Tenéis... tenéis... una nariz... ¡una nariz muy grande!

CYRANO. (Gravemente.)
  ¡Mucho!

VALVERT. *(Riendo.)*
  ¡Ja, Ja!

CYRANO. *(Imperturbable.)*
  ¿Eso es todo?

VALVERT.
  Yo...

CYRANO.

Sois poco inteligente, jovenzuelo. Pueden decirse muchas más cosas sobre mi nariz variando el tono. Por ejemplo, agresivo: «Si tuviese una nariz semejante, caballero, me la cortaría al momento»; amigable; «¿Cómo bebéis; metiendo la nariz en la taza o con la ayuda de un embudo?»; descriptivo; «¡Es una roca... un pico... un cabo...! ¿Qué digo un cabo?... ¡es toda una península!»; curioso; «¿De qué os sirve esa nariz?, ¿de escritorio o guardáis en ella las tijeras?»; gracioso; «¿Tanto amáis a los pájaros que os preocupáis de ponerles esa alcándara para que se posen?»; truculento; «Cuando fumáis y el humo del tabaco sale por esa chimenea... ¿no gritan los vecinos; ¡fuego!, ¡fuego!?»; prevenido; «Tened mucho cuidado, porque ese peso os hará dar de narices contra el suelo», tierno; «Por favor, colocaros una sombrilla para que el sol no la marchite»; pedante; «Sólo un animal, al que Aristóteles llama *hipocampelefantocamelos,* tuvo debajo de la frente tanta carne y tanto hueso»; galante: «¿Qué hay, amigo? Ese garfio... ¿está de moda? Debe ser muy cómodo para colgar el sombrero»; enfático: «¡Oh, magistral nariz!, ¡ningún viento logrará! resfriarre!»; dramático; «¡Es el mar Rojo cuando sangra!»; admirativo; «¡Qué maravilla para un perfumista!»; lírico; «Vuestra nariz... ¿es una concha? ¿Sois vos un tritón?»; sencillo; «¿Cuándo se puede visitar ese monumento?»; respetuoso; Permitidme, caballero, que os felicite; ¡eso es lo que se llama tener una personalidad!»; campestre; ¿Que es eso una nariz?... ¿Cree usted que soy tan tonto?... ¡Es un nabo gigante o un melón pequeño!»; militar: «Apuntad con ese cañón a la caballería!»; práctico: «Si os admitiesen en la lotería, sería el premio gordo». Y para terminar, parodiando los lamentos de Píramo: «¡Infeliz nariz, que destrozas la armonía del rostro de tu dueño!» Todo esto, poco más, es lo que hubierais dicho si tuvieseis ingenio o algunas letras. Pero de aquél no tenéis ni un átomo y de letras únicamente las cinco que forman la palabra «tonto». Además, si poseyeseis la imaginación necesaria para dedicarme, ante estas nobles galerías, todos esos piropos, no hubieseis articulado ni la cuarta parte de uno solo, porque, como yo sé piropearme mejor que nadie, no os lo hubiese permitido.

DE GUICHE. *(Intentando arrastrar al vizconde que está como petrificado.)*

¡Dejémosle, vizconde!

VALVERT. *(Sofocado.)*

¡Demasiados humos para un hidalgillo... que... que ni siquiera usa guantes y sale a la calle sin cintas, sin borlas y sin charreteras!

CYRANO.

¡Mi elegancia va por dentro y no me acicalo como un ganapan cualquiera! Aunque parezca lo contrario, me compongo cuidadosamente, mas que por fuera. No saldría a la calle sin haber lavado, por negligencia, una afrenta; sin haber despertado bien la conciencia, o con el honor arrugado y los escrúpulos en duelo. Camino limpio y adornado con mi libertad y mi franqueza. Encorseto, no mi cuerpo, sino mi alma, y en vez de cintas uso hazañas como adorno externo. Retorciendo mi espíritu como si fuese un mostacho, al atravesar los grupos y las plazas hago sonar las verdades como espuelas.

VALVERT.

¡Caballero!...

CYRANO.

¿Que yo no tengo guantes?... Decís bien. Tenía uno solo, resto de un viejo par... y cierto día, como me molestaba ya tenerlo, ¡se lo arrojé al rostro a cierto petimetre!

VALVERT.

¡Tunante!, ¡Bellaco!, Sinvergüenza!

CYRANO. *(Descubriéndose y saludando como si el vizconde acabara de presentarse.)*

Y yo, Cyrano Sabino Hércules de Bargerac.

(Risas.)

VALVERT. *(Exasperado.)*

¡Bufón!

CYRANO. *(Dando un grito como si le hubiese dado un calambre.)*

¡Ay!

VALVERT. *(Que ya se iba, volviéndose.)*

¿Qué pasa ahora?

CYRANO. *(Haciendo muecas de dolor.)*

Hay que airearla porque si no se enmohece... Esto me sucede por no darle trabajo... ¡Ay!

VALVERT.

¿Qué os ocurre?

CYRANO.

¡Siento en mi espada un homigueo!

VALVERT. *(Sacando la suya.)*

Si lo queréis, ¡sea!

CYRANO.

Voy a daros una estocada sorprendente.

VALVERT. *(Con desprecio.)*

¡Poeta!...

CYRANO.

Decís bien... ¡poeta!... y tan grande que, mientras combatimos, improvisaré en vuestro honor una balada.

VALVERT.

¿Una balada?

CYRANO.

¿Acaso no sabéis en qué consiste? *(Recitando como si se tratase de una lección.)* La balada se compone de tres coplas de ocho versos...

VALVERT. *(Riéndose.)*

¡No sabía!...

CYRANO. *(Continuando.)*

...y de un envío de cuatro...

VALVERT.

Vos...

CYRANO.

Compondré una mientras me bato, y tened por seguro que en el último verso seréis tocado.

VALVERT.

¡No podréis!

CYRANO.

¿No?... *(Declamando.)*

> «Balada del duelo
> que, en el palacio de Borgoña, sostuvo,
> con un importuno,
> el señor de Bergerac.»

VALVERT.

¿Podéis decirme que es eso?

CYRANO.

¡El título!

VOCES DEL PÚBLICO. *(Muy excitado.)*

¡Dejadme sitio!... ¡Esto se pone divertido!... ¡Colocaos en fila!... ¡Silencio!...

(Cuadro. Círculo de curiosos en el patio. Los marqueses, y los oficiales se mezclan a los ciudadanos y gentes del

pueblo; unos pajes se suben sobre los hombros de otros para ver mejor la escena. Todas las mujeres se ponen de pie en sus palcos. A la derecha, De Guiche y sus gentilhombres. A la izquierda, Le Bret, Ragueneau, Cuigy, etc.)

CYRANO. *(Cerrando un momento los ojos.)*

Esperad... estoy escogiendo las rimas. ¡Ya está! *(Uniendo la acción a la palabra.)*

Tiro con gracia el sombrero
y, lentamente, abandonada
dejo la capa que me cubre
para después sacar la espada.
Brillante como Céladon
y como Scaramouche alado,
os lo prevengo, Myrmidón:
¡al final vais a ser tocado!

¡Mejor os fuera ser neutral!
¿Por dónde os trincharé mejor?
¿Tiro al flanco, bajo la manga,
o al laureado corazón?
¡Tin, tan! suenen las cazoletas;
mi punta es un insecto alado;
a vuestro vientre va derecha.
Al final vais a ser tocado.

¡Pronto, una rima! ¡Se hace tarde!
¡Vuestra cara esta demudada...
Me daias el consonante: ¡Cobarde!
¡Tac! Ahora paro esa estocada
con la que ibais a alcanzarme.
Abro la línea. La he cerrado,
¡Afirma el hierro, Laridón,
que al final vais a ser tocado!

(Anuncia solemnemente.)

ENVÍO

Podéis pedir a Dios clemencia.
Me parto. Ahora estoy lanzado
a fondo. Finto... ¡Una... dos... tres...!

(El vizconde vacila. Cyrano saluda.)

¡Y en el final fuisteis tocado!

*(Aclamaciones. Aplausos en los palcos. Lluvia de flores
y pañuelos. Los oficiales rodean y felicitan a Cyrano. Ragueneau baila entusiasmado. Le Bret está contento y al mismo
tiempo nervioso. Los amigos del vizconde sostienen a éste y se
lo llevan.)*

LA MULTITUD. *(En un prolongado grito.)*
¡Ah!...

UN CABALLERO.
¡Soberbio!

UNA MUJER.
¡Qué bonito!

REGUENEAU.
¡Prodigioso!

UN MARQUÉS.
¡Original!

LE BRET.
¡Insensato!
*(La gente se arremolina en torno a Cyrano. Se oyen felici-
taciones y bravos.)*

UNA VOZ DE MUJER.
¡Es un héroe!

UN MOSQUETERO. *(Avanzando rápidamente hacia Cyrano con la mano abierta.)*

Os felicito, caballero. Lo habéis hecho muy bien, y, creedme, entiendo de estas cosas. *(Se aleja.)*

CYRANO. *(A Cuigy.)*

¿Quién es?

CUIGY.

D'Artagnan.

LE BRET. *(A Cyrano, cogiéndole del brazo.)*

Vámonos he de hablarte,

CYRANO.

Espera que salga toda esa gente. *(A. Bellerose.)* ¿Puedo quedarme?

BELLEROSE. *(Respetuosamente.)*

¡Claro!, ¡no faltaba más!

(Se oyen gritos fuera.)

JODELET. *(Que ha mirado.)*

Están silbando a Montfleury.

BELLEROSE.

¡«Sic transit»! *(Cambiando de tono, se dirige al portero y al encargado de las luces.)*

Limpiad y cerrad todo, pero no apaguéis: después de la cena vendremos a ensayar una nueva farsa para mañana.

(Jodelet y Bellerose salen tras una gran reverencia a Cyrano.)

EL PORTERO. *(A Cyrano.)*

¿Y usted no cena?

CYRANO.

¿Yo?... ¡No!

(El portero se retira.)

LE BRET. *(A Cyrano.)*

¿Por qué?

CYRANO. *(Con orgullo.)*

Porque... *(Cambiando el tono al ver que el portero está ya lejos.)* ¡Porque no tengo ni un céntimo!

LE BRET. *(Haciendo ademán de lanzar una bolsa.)*

¿Cómo?... ¿Y la bolsa de escudos?

CYRANO.

Era la pensión que me pasa mi padre.

LE BRET.

¿De qué vas a vivir el resto del mes?

CYRANO.

No me queda nada.

LE BRET.

¡Tirar el dinero de esa forma!... ¡Qué tontería!

CYRANO.

¡Pero qué gusto!

LA CANTINERA. *(Tosiendo detrás del pequeño mostrador.)*

¡Hum...! *(Cyrano y Le Bret se vuelven. Ella avanza tímidamente.)* Caballero, ¡se me parte el corazón, al saber que no podéis comer! *(Señalando el aparador.)* Aquí tengo lo necesario... *(Con valor.)* ¡Tomadlo!

CYRANO. *(Descubriéndose.)*

¡Querida muchacha!, aunque mi orgullo de gascón me prohíbe aceptar la menor golosina de vuestros dedos, temo que mi negativa os cause pena; por eso aceptaré. (Se dirige al aparador y escoge.) ¡Bah!, poca cosa... Unos granos de este racimo... *(Ella quiere darle el racimo entero, pero Cyrano coge solamente unos granos.)* ¡Con esto vale! Un vaso... *(Ella quiere echar en él vino, pero Cyrano la detiene.)* de agua limpia y medio pastel de almendras. *(Devuelve la otra mitad.)*

LE BRET.

¡Que estupidez!

LA CANTINERA.

¿No queréis nada más?

CYRANO.

Sí. ¡Besar vuestra mano!

(Besa la mano que la cantinera le tiende como si fuese la de una princesa.)

LA CANTINERA.

Gracias, caballero. *(Reverencia.)* ¡Buenas noches! *(La cantinera sale.)*

ESCENA V

CYRANO, LE BRET y *después el portero.*

CYRANO. *(A Le Bret.)*

¿Qué tienes que decirme? Te escucho. *(Se sienta ante el mostrador y coloca encima, por el orden indicado, el pastel de almendras, el vaso de agua y los granos de uva.)* ¡Cena, bebida y postre! Ahora: ¡a comer! ¡Ah! ¡tenía un hambre espantosa!... *(Comiendo.)* ¿Qué decías?

LE BRET.

Esos aires de grandeza cambiarán tu carácter. Pregunta... ¡pregunta a la gente sensata y te enterarás del efecto que producen tus algaradas!

CYRANO. *(Terminando su pastel de almedras.)*

¡Enorme!...

LE BRET.

El Cardenal

CYRANO. *(Sorprendido.)*

¿Cómo?... ¿Estaba allí el Cardenal?

LE BRET.

Sí. Le ha debido parecer...

CYRANO.

Muy original.

LE BRET.

Sin embargo...

CYRANO.

Es un autor. No le desagradará que alguien estropee la representación de otro colega.

LE BRET.

Me parece que te estás buscando demasiados enemigos.

CYRANO. *(Comenzando con sus granos de uva.)*

¿Cuántos crees, poco más o menos, que he conseguido esta noche?

LE BRET.

Cuarenta y ocho... sin contar las damas.

CYRANO.

¡No está mal! Enumeralos.

LE BRET.

Montfleury, el burgués, De Guiche, el vizconde, Baró, La Academia...

CYRANO.

¡Basta! ¡Estoy orgulloso!

LE BRET.

Pero ¿adónde crees que te llevará esa forma de vida?
¿Qué intentas?

CYRANO.

Me encontré en una encrucijada: ante mí había muchos caminos y... ¡escogí uno!

LE BRET.

¿Cuál?

CYRANO.

El más sencillo. He decidido ser admirable por todo y en todo.

LE BRET. *(Encogiéndose de hombros.)*

¡Bueno! Dime, al menos, el verdaddero motivo de tu odio por Montfleury.

CYRANO. *(Levantándose.)*

Ese sátiro ventrudo, que no puede tocarse el ombligo con el dedo, cree ser todavía un dulce peligro para las mujeres; y aunque al recitar farfulla, lanza miradas de besugo con sus ojos de carpa hacia ellas. ¡Le odio porque cierta noche tuvo la osadía de fijar su mirada en ella!... ¡Me pareció ver como si su gran limaco se deslizase sobre una flor!

LE BRET.

¿Pero es posible que tú...?

CYRANO. *(Con risa amarga.)*

¿Que yo ame?... *(Cambiando de tono y con gravedad.)* Pues amo.

LE BRET.

¿Y quién es ella? ¡Nunca me lo habías dicho!

CYRANO.

¿Quién puede ser?... Reflexiona y lo comprenderás. Me está prohibido soñar con ser amado, incluso por una mujer fea, a causa de esta nariz que llega un cuarto de hora antes que yo a cualquier parte. ¿A quien voy a amar entonces? Es lógico: Amo a la más bella.

LE BRET.

¿A la más bella?

CYRANO.

Es muy sencillo: estoy enamorado de la mujer más bella del mundo, de la más resplandeciente, de la más delicada, *(con acaloramiento),* de la más rubia...

LE BRET.

¡Dios mío! ¿Y quién es esa mujer?

CYRANO.

Sin quererlo, un peligro mortal; pero tan exquisito, tan maravilloso, que no se puede pensar en otro semejante; es una trampa de la naturaleza... ¡una rosa en la que el amor tiende una emboscada! Quien conoce su sonrisa, conoce la perfección. Hace surgir la gracia de la nada; parece que en cada gesto posee un aire divino. ¡Ni tú, Venus, sabrías subir a tu concha, ni tú, Diana, caminar por los extensos bosques floridos, con la gracia con que ella sube a su cupé y camina por París!

LE BRET.

¡Caramba!... Ya lo he comprendido: ¡está claro!

CYRANO.

¡Me parece evidente!

LE BRET.

¿No es Magdalena Robin, tu prima?

CYRANO.

Sí; Rosana.

LE BRET.

¡Vaya!, ¡pero si es estupendo! ¿La quieres? ¡Pues díselo! Esta noche te has cubierto de gloria a sus ojos.

CYRANO.

Amigo mío, mírame y dime si puedo esperar algo con esta protuberancia... No, no me hago ilusiones. A veces, al atardecer, me enternezco, entro en un jardín perfumado... con mi enorme nariz olfateo el abril... soy todo ojos: a la luz de un rayo de luna plateado, una dama, del brazo de un caballero, camina lentamente...; también a mi me gustaría llevar una del brazo. Me exalto, me olvido de todo... y de repente. ¡contemplo la sombra de mi perfil en el muro del jardín!

LE BRET. *(Emocionado.)*
¡Amigo mío!...

CYRANO.
¡Si me vieras en esos desgraciados momentos en que me siento tan feo y tan solo!...

LE BRET. *(Cogiéndole las manos con vivacidad.)*
Pero... ¿estás llorando?

CYRANO.
¡No!, ¡eso nunca! ¡Sería demasiado ridículo si a lo largo de esta nariz corriese una lágrima! Mientras sea dueño de mí, no permitiré que la divina belleza de las lágrimas se mezcle a tan grosera fealdad. Óyeme: no hay nada... ¡no hay nada tan sublime como las lágrimas! No quiero que provocando la risa, se viesen ridiculizadas por mi culpa...

LE BRET.
¡Vamos, no te entristezcas... ¡El amor no es más que azar!

CYRANO. *(Moviendo la cabeza.)*
¡No! Estoy enamorado de Cleopatra: ¿Tengo el aire de un César? Adoro a Berenice... ¿tengo el aspecto de un Tito?

LE BRET.
¡Vamos, Cyrano! Has visto que los ojos de esa muchacha que te ofreció la cena, no te detestaban...

CYRANO. *(Animado.)*
¡Pues tienes razón!

LE BRET.
Entonces... ¿qué? La misma Rosana ha seguido el duelo completamente demudada...

CYRANO.
¿Completamente demudada?

LE BRET.
Su espíritu y su corazón están ya asombrados... ¡Atrévete!... ¡Háblale!

CYRANO.

¿Y que ella se ría en mis narices?...¡No! Es lo único que temo en el mundo.

EL PORTERO. *(Introduciendo a alguien a Cyrano.)*

¡Caballero, preguntan por vos!

CYRANO. *(Viendo a la dueña.)*

¡Dios mío! ¡Su dueña!...

ESCENA VI

CYRANO, LE BRET y *la dueña.*

LA DUEÑA. *(Tras un gran saludo.)*

Mi ama desea saber si puede ver en secreto a su valiente primo.

CYRANO. *(Turbado.)*

¿Verme?

LA DUEÑA. *(Con una reverencia.)*

Sí, veros. Tiene algo que deciros.

CYRANO.

¿Qué?

LA DUEÑA. *(Nueva reverencia.)*

¡Cosas!

CYRANO. *(Vacilando.)*

¡Dios mío!

LA DUEÑA.

Con los primeros rayos del alba, irá a oír misa a San Roque.

CYRANO. *(Apoyándose en Le Bret.)*

¡Dios mío!

LA DUEÑA.

Λ la salida... ¿podría entrar en alguna parte y hablar con vos?

CYRANO. *(Confuso.)*

¿Don...? Yo... pero... ¡Dios mío!

LA DUEÑA.

¡Contestad deprisa!

CYRANO.

Estoy pensando.

LA DUEÑA.

¿Dónde?

CYRANO.

En... en casa de Regueneau, el pastelero.

LA DUEÑA.

¿Dónde está?

CYRANO.

En la calle ¡Dios mío¡... de San Honorato...

LA DUEÑA. *(Saliendo.)*

Allí estará a las siete. ¡Sed puntual!

CYRANO.

¡Allí estaré!

(La dueña sale.)

ESCENA VII

CYRANO, LE BRET: *después los comediantes,* CUIGY, BRISSAILLE, LIGNIERE, *el portero y los músicos.*

CYRANO. *(Cayendo en brazos de Le Bret.)*

Pero... ¡con ella!... ¡Una entrevista con ella!

LE BRET.

¿Ya no estás triste?

CYRANO.

¡Ay!, ¡al menos sabe que existo!

LE BRET.

¿Estarás más tranquilo ahora?

CYRANO. *(Fuera de sí.)*

Ahora... ¡ahora estoy frenético, fulminante! ¡Necesito todo un regimiento para destrozarlo! Tengo diez corazones, veinte brazos... ¡no me basta con descuartizar enanos! *(Gritando con todas sus fuerzas.)* ¡Quiero gigantes!

(Desde hace un momento, al fondo del escenario, las sombras de los comediantes se agitan y cuchichean; comienzan a ensayar; los músicos han ocupado su sitio.)

UNA VOZ. *(Desde el escenario.)*

¡Eh, los de abajo! ¡Silencio, que estamos ensayando aquí arriba!

CYRANO. *(Riendo.)*

¡Vámonos!

(Cuando van a salir, entran por la puerta del fondo Cuigy, Brissaille y varios oficiales que sostienen a Ligniere, completamente borracho.)

CUIGY.

¡Cyrano!

CYRANO.

¿Qué pasa?

CUIGY.

Te traemos una cuba de vino.

CYRANO. *(Reconociéndole.)*

¡Ligniere! Pero ¿qué te ha pasado?

CUIGY.

Estaba buscándote.

BRISSAILLE.

No puede regresar a su casa.

CYRANO.

¿Por qué?

LIGNIERE. *(Con voz pastosa, mostrándole una nota arrugada.)*

En esta nota... se me advierte... cien hombres contra mí... por la... cancioncilla... corro un gran peligro... la Puerta de Nesle... para volver a mi casa... Tego que pasar por allí... Déjame que duerma esta noche... en tu casa...

CYRANO.

¿Cien hombres, has dicho? ¡Esta noche dormirás en tu cama!

LIGNIERE. *(Espantado.)*

Pero...

CYRANO. *(Con una gran voz, señalándole la linterna encendida que el portero balancea miebtras escucha con curiosidad esta escena.)*

¡Coge esa linterna! *(Ligniere lo hace apresuradamente.)*

¡Andando! Te juro que yo mismo te meteré esta noche entre las sábanas. *(A los oficiales.)* Y vosotros, seguidnos a distancia: serviréis de testigos.

CUIGY.

¡Pero cien hombres!...

CYRANO.

¡No necesito menos esta noche!

(Los comediantes, han bajado del escenario y se han acercado vestidos con los diversos trajes de la representación.)

LE BRET.

Pero ¿por qué va a proteger a...

CYRANO.

¡Ya está Le Bret gruñendo!

LE BRET.

...este borracho?

CYRANO. *(Dando una palmada en los hombros de Ligniere.)*

Porque este borracho, esta cuba de vino que aquí ves hizo cierto día algo admirable. Al salñir de misa, vio que la que él amaba tomaba agua bendita, según es costumbre; y entonces él, que en su vida ha probado una gota, corrió a la pila, se inclinó sobre la concha y se la bebió toda.

UNA COMEDIANTA. *(Vestida de criada.)*

¡Vaya!, ¡qué galante!

CYRANO.

¿Verdad que sí, criada?

LA COMEDIANTA. *(A los otros.)*

Pero...¿por qué son cien contra un pobre poeta?

CYRANO.

¡Vamos! *(A los oficiales.)* Y vos, caballeros, al verme cargar, no me secundéis, por grande que sea el peligro.

OTRA COMEDIANTA. *(Saltando del escenario.)*

¡Yo me voy a verlo!

CYRANO.

¡Venid!

OTRA. *(Saltando también, le dice a un viejo actor.)*

¿Vienes, Casandro?

CYRANO.

¡Venid todos! El doctor, Isabel, Leandra... Unid con vuestra presencia la farsa italiana y este drama español. ¡Que al estruendo de las armas se una el tintineo de los cascabeles de vuestros vestidos!

TODAS LAS MUJERES. *(Brincando de alegría.)*

¡Bravo!... ¡Aprisa, mi manto!... ¡Un capuchón!...

JODELET.

¡Vamos todos!

CYRANO. *(A los músicos.)*

Y vosotros, señores, tocad, ¡tocad algo! *(Los músicos se unen al cortejo. Los demás cogen las candelas encendidas de la rampa y las distribuyen. Parece una marcha de antorchas.)* ¡Bravo!... Oficiales, mujeres disfrazadas y veinte pasos delante *(se coloca como dice)* yo, completamente solo, bajo el penacho que la gloria misma hincó en este sombrero altivo, como un Escipión triplemente nariguido. ¿Habéis comprendido?... ¡Os prohíbo que me ayudéis! ¿Está claro? ¡Uno, dos y tres!... ¡Portero!, abrid la puerta. *(El portero abre los dos batientes. Aparece un rincón del viejo París, pintoresco e iluminado por la luna.)* ¡Ah!, París huye, nocturno y casi nebuloso. La claridad de la luna se desliza por los tejados azules... ¡Bello fondo para esta escena! Allá abajo, velado con sus propios vapores, el Sena, como un misterioso y mágico espejo, tiembla... ¡Ahora veréis lo que veréis!

TODOS.

¡A la puerta de Nesle!

CYRANO. *(De pie en el umbral.)*

¡A la Puerta de Nesle! *(Antes de salir, se dirige a la criada.)* Señorita, ¿no preguntabais por qué enviaron cien hombres contra un solo poetrastro? *(Saca la espada y añade tranquilamente.)* ¡Pues porque saben que es amigo mío!

(Sale. El cortejo, con Ligniere vacilante a la cabeza, seguido por las comediantas, del brazo de los oficiales y por los cómicos, que brincan, se pone en marcha al son de los violines y bajo la luz de las antorchas.)

TELÓN

ACTO SEGUNDO

La hostería de los poetas

Interior de la tienda de Ragueneau, amplio establecimiento en la confluencia de las calles de San Honorato y de El Árbol Seco que, a la claridad de las primeras luces matutinas, se ven grises a través de las vidrieras de la puerta.

A la izquierda, en primer término, un mostrador coronado por un bastidor de hierro forjado del que cuelgan gansos, patos y pavos. En grandes jarras de porcelana, ramos de flores silvestres, especialmente de girasoles. En el mismo lado y en segundo término, una gran chimenea; ante ella, entre grandes morillos, cada uno de los cuales soporta una pequeña marmita, los asados gotean grasa en las cacerolas.

A la derecha, y en primer término, una puerta. En segundo término, una escalera que sube a una sala reservada cuyo interior se percibe por los postigos entreabiertos: una mesa preparada sobre la que luce una lámpara; es un reducto donde se come y se bebe. Una galería de madera, a modo de continuación de la escalera, parece conducir a otros reservados análogos.

En medio de la pollería-pastelería de Ragueneau, un bastidor de hierro que se puede bajar por medio de una cuerda y del que cuelgan grandes tasajos, forma una especie de lámpara de caza.

Los hornos resplandecen en la sombra, bajo la escalera. Los metales relucen; los asadores giran; las piezas de caza se amontonan en pirámides; jamones que cuelgan. Es la hora de la hornada matinal. Ajetreo de marmitones asustados, gordos cocineros y flacos ayudantes. Abundan los gorros de cocina con plumas de pollo o de gallina. Sobre bandejas de chapa y en cestas planas de mimbre, se transportan montañas de pasteles y bizcochos.

Mesas cubiertas de pasteles y platos. Otras, rodeadas de sillas, esperan la llegada de clientes. Una, más pequeña que las demás, en un rincón, queda oculta tras un montón de papeles. Al levantarse el telón, Ragueneau está sentado en ella, escribiendo.

ESCENA PRIMERA

Ragueneau, *pasteleros; después* Lisa; Ragueneau *está escribiendo en la mesita del rincón con aire inspirado y contando las sílabas con los dedos.*

Primer pastelero. *(Trayendo un molde de torta.)*
¡Tarta de frutas!

Segundo pastelero. *(Con un plato.)*
¡Flan!

Tercer pastelero. *(Trayendo un asado adornado con plumas.)*
¡Pavo!

Cuarto Pastelero. *(Con una bandeja de pasteles.)*
¡«Roinsoles»!

Quinto pastelero. *(Con un tarro.)*
¡Carne de vaca en adobo!

Ragueneau. *(Dejando de escribir y levantando la cabeza.)*
¡Sobre el cobre se deslizan los reflejos plateados de la aurora! ¡Ragueneau, ahoga la musa que en ti canta!... ¡Ya llegará

su hora: hay que hacer la hornada. *(Se levanta. A un cocinero.)* Tú, cuida de alargar esta salsa, ¡es demasiado corta!

EL COCINERO.

¿Cuánto?

RAGUENEAU.

¡Tres pies!

EL COCINERO.

¿Cómo?

PRIMER PASTELERO.

¡La tarta!

SEGUNDO PASTELERO.

¡La torta!

RAGUENEAU. *(Ante la chimenea.)*

¡Aléjate de mí, musa mía, para que tus maravillosos ojos no enrojezcan con el fuego de estos tizones! *(A un pastelero, señalando los panes.)* Está mal colocada la hendidura de estas hogazas. Hay que poner en el centro la cesura, entre los hemistiquios. *(A otro, mostrándole un pastel a medio hacer.)* ¡A este palacio de almendras hay que ponerle techo! *(A un joven aprendiz que, sentado en el suelo, ensarta aves.)* Y tú, sobre ese asador interminable, pon el simple pollo junto a la soberbia pava alternándolos, hijo mío, como el viejo Malherbe alternaba los versos grandes con los pequeños. ¡Que las estrofas de los asados giren en el fuego!

OTRO APRENDIZ. *(Avanzando con una bandeja tapada con una servilleta.)*

¡Maestro!, pensando en vuestras aficiones hice esto. Espero que os guste. *(Descubre la bandeja y se ve una gran lira de pastel.)*

RAGUENEAU. *(Deslumbrado.)*

¡Una lira!

EL APRENDIZ.

Es de bizcocho.

RAGUENEAU. *(Emocionado.)*

¡Y tiene frutos confitados!

EL APRENDIZ.

Las cuerdas son de azúcar.

RAGUENEAU. *(Dándole dinero.)*

Toma, ¡para que bebas a mi salud! *(Viendo a Lisa que entra.)* ¡Cuidado! Lárgate, que está mi mujer... ¡Y esconde ese dinero! *(A Lisa, enseñándole la lira para salir del apuro.)*

¿Qué te parece? Bonito, ¿verdad?

LISA.

¡Es ridículo! *(Deposita sobre el mostrador una pila de cucuruchos de papel.)*

RAGUENEAU.

¿Cucuruchos?... ¡Estupendo! Gracias. *(Los mira.)* ¡Santo Cielo! ¡mis libros sagrados! ¡Los versos de mis amigos desgarrados, desmembrados para hacer cucuruchos y meter en ellos piñones! ¡Ah!... ¡renováis el mito de Orfeo y las bacantes¡

LISA. *(Con sequedad.)*

¿Acaso no tengo derecho? Por lo menos, ya que tus amigos no me pagan nunca lo que comen, que sirvan sus versos para algo.

RAGUENEAU.

¡Cállate! ¿Cómo te atreves a insultar a cigarras tan maravillosas siendo tú una hormiga?

LISA.

Amigo mío, ¡antes de frecuentar a esa gente, no me llamabas ni bacante ni hormiga!

RAGUENEAU.

¡Hacer esto con versos tan maravillosos!...

LISA.

¡No sirven para otra cosa!

RAGUENEAU.

¡Qué harías entonces con la prosa?

ESCENA II

Los mismos y dos niños que acaban de entrar en la pastelería.

RAGUENEAU.

¿Qué queréis, pequeños?

PRIMER NIÑO.

Tres pasteles.

RAGUENEAU. *(Sirviéndoselos.)*

Aquí los tenéis... ¡calentitos todavía!

SEGUNDO NIÑO.

¿Podrías envolvérnoslos, por favor?

RAGUENEAU. *(Aparte y deprimido.)*

¡Maldita sea!... ¡mis versos! *(A los niños.)* ¿Que os los envuelva? *(Toma un cucurucho y al poner en él los pasteles lee.)* «Tal Ulises el día que dejó a Penélope...» ¡No, éste no! *(Lo deja a un lado, coge otro y, en el momento de poner en él los pasteles, lee:)* «El rubio Febo...» ¡No, éste tampoco! *(El mismo juego.)*

LISA. *(Impacientándose.)*

¡Bien!, ¿a qué esperas?

RAGUENEAU.

¡Ya, va!... ¡ya va!... ¡ya va!... *(Coge un tercer cucurucho y, con resignación, envuelve en él los pasteles.)* «En soneto a Filis...» ¡Ay!, ¡esto es mucho peor!

Lisa.

¡Menos mal que por fin se ha decidido! *(Encogiéndose de hombros.)* ¡Nicodemo! *(Se sube sobre una silla y se dispone a colocar platos en el estante.)*

Ragueneau. *(Aprovechando que ella está de espaldas, llama a los niños que ya van a salir.)*

¡Eh, pequeños! ¡Devolvedme el soneto a Filis y, en lugar de tres, os daré seis pasteles. *(Los niños le devuelven el cucurucho, cogen deprisa los pasteles y salen. Ragueneau desdobla el papel y comienza a leer declamando.)* «Filis...» ¡Maldita sea!... ¡sobre este dulce nombre una mancha de mantequilla! «Filis...»

(Cyrano entra bruscamente.)

ESCENA III

Ragueneau, Lisa, Cyrano; *después un mosquetero.*

Cyrano.
    ¿Qué hora es?

Ragueneau. *(Saludándole con afecto.)*
    Las seis.

Cyrano. *(Emocionado.)*
    ¡Dentro de una hora!... *(Pasea impaciente por la tienda.)*

Ragueneau. *(Yendo detrás de él.)*
    ¡Bravo! Ya vi...

Cyrano.
    ¿Qué?

Ragueneau.
    ¡Vuestro combate!

CYRANO.

¿Cuál?

RAGUENEAU.

El del palacio de Borgoña.

CYRANO. *(Con desdén.)*

¡Ah!... ¡el duelo!

RAGUENEAU. *(Admirativo.)*

Sí, ¡el duelo en verso!

LISA.

¡No cesa de alabaros!

CYRANO.

¡Bah!... ¡no tuvo importancia!

RAGUENEAU. *(Lanzándose a fondo con un asador que ha cogido.)*

«¡Y en el final fuisteis tocado!... ¡y en el final fuisteis tocado!...» ¡Es precioso! *(Con creciente entusiasmo.)* ¡«Y en el
final fuisteis...»!

CYRANO.

¿Qué hora es, Raguencau?

RAGUENEAU. *(En posición de lanzarse a fondo para dar le
estocada, mira el reloj.)*

Las seis y cinco... ¡«tocado»! *(Se levanta.)* ¡Oh!... ¡hacer
una balada así!

LISA. *(Al pasar junto al mostrador aprieta la mano distraí-
damente a Cyrano.)*

¿Qué tenéis en la mano?

CYRANO.

Nada. Un rasguño.

RAGUENEAU.

¿Habéis corrido algún peligro?

CYRANO.

Ninguno.

LISA. *(Amenazándole con el dedo.)*

¡Me parece que estáis mintiendo!

CYRANO.

¿Acaso se me mueve la nariz? ¡Sería necesaria una gran mentira!... *(Cambiando de tono.)* Espero a una persona... Quiero que nos dejéis solos.

RAGUENEAU.

No sé si podré...Van a venir mis amigos, los poetas.

LISA. *(Con ironía.)*

¡A su primera comida!

CYRANO.

Cuando te haga una seña, te alejarás. ¿Qué hora es?

RAGUENEAU.

¡Las seis y diez!

CYRANO. *(Sentándose con nerviosismo en la mesa de Ragueneau y cogiendo un papel.)*

¿Tienes una pluma?

RAGUENEAU. *(Ofreciéndole la que tiene en la oreja.)*

¡De cisne!

UN MOSQUETERO. *(Con soberbios mostachos, entra y saluda con voz estentórea.)*

¡Salud!

(Lisa se dirige aprisa hacia él.)

CYRANO. *(Volviéndose.)*

¿Quién es?

RAGUENEAU.

Un amigo de mi mujer. ¡Un terrible guerrero, según dice!

CYRANO. *(Volviendo a tomar la pluma y alejando con el gesto a Ragueneau.)*

¡Chiss!... *(Para sí mismo.)* Escribir, plegarla, dársela y marcharme... *(Tirando la pluma.)* ¡Cobarde!... Pero morire si me atrevo a hablerle, a decirle una sola palabra... *(A Ragueneau.)* ¿Qué hora es?

RAGUENEAU.

Las seis y cuarto.

CYRANO. *(Golpeándose el pecho.)*

...una sola palabra de todas las que... mientras que escribiendo... *(Vuelve a coger la pluma.)* Bien, escribamos esta carta de amor que mil veces he hecho y rehecho, de tal forma que esté preparada y no tenga más que volver a copiarla.

(Escribe; tras las vidrieras de la puerta se distinguen siluetas delgadas e imprecisas.)

ESCENA IV

RAGUENEAU, LISA, *el mosquetero,* CYRANO *sentado en la mesa del rincón y escribiendo; los poetas, vestidos de negro, con las medias caídas y llenos de barro.*

LISA. *(A Ragueneau.)*

¡Ya están aquí tus desharrapados!

PRIMER POETA. *(Entrando, a Ragueneau.)*

¡Amigo mío!

SEGUNDO POETA. *(Lo mismo, dándole un apretón de manos.)*

¡Querido colega!

TERCER POETA.

¡Salud, rey de los pasteleros! *(Olfatea.)* ¡Qué bien huele aquí!

CUARTO POETA.

¡Oh, Febo-Pastelero!

QUINTO POETA.

¡Apolo de los cocineros.

RAGUENEAU. *(Rodeado, abrazado, y zarandeado por varias manos.)*

¡Qué a gusto me encuentro en su compañía!

PRIMER POETA.

Nos hemos retrasado porque la Puerta de Nesle estaba abarrotada de gente.

SEGUNDO POETA.

¡Ocho malandrines ensangrentados y rajados de arriba abajo, adornaban las aceras!

CYRANO. *(Levantando un instante la cabeza.)*

¿Ocho?... ¡Vaya! ¡Creía que eran siete¡ *(Sigue escribiendo.)*

RAGUENEAU. *(A Cyrano.)*

¿Es que conocéis al héroe del combate?

CYRANO. *(Con negligencia.)*

¿Yo?... ¡No!

LISA. *(Al mosquetero.)*

Y vos... ¿le conocéis?

EL MOSQUETERO. *(Retorciéndose el mostacho.)*

¡Tal vez!

CYRANO. *(Escribiendo aparte; de vez en cuando se le oye murmurar.)*

«Yo os amo...»

PRIMER POETA.

¡Aseguran que un solo hombre bastó para poner a toda la banda en fuga!...

SEGUNDO POETA.

¡Era curioso!... ¡Picas y garrotes cubrían el suelo!...

CYRANO. *(Escribiendo.)*

«Vuestros ojos...»

TERCER POETA.

¡Hemos encontrado sombreros hasta en el muelle de los Orfebres!...

PRIMER POETA.

Debió ser un combate feroz...

CYRANO. *(Lo mismo.)*

«Vuestros labios...»

PRIMER POETA.

...¡Y un terrible gigante el autor de la hazaña!

CYRANO. *(Lo mismo.)*

...«Y tiemblo de miedo cuando os miro.»

SEGUNDO POETA. *(Metiéndose un pastel en la boca.)*

¿Has compuesto algún verso nuevo, Ragueneau?

CYRANO. *(Lo mismo.)*

«Que os ama...» *(Se detiene en el momento de escribir la dirección y se levanta tras meter la carta en su jubón.)* No necesita dirección. La entregaré yo mismo.

RAGUENEAU. *(Al segundo poeta.)*

Sí, compuse una receta en verso.

TERCER POETA. *(Sentándose junto a una bandeja de pasteles de crema.)*

¡Oigámosla!

CUARTO POETA. *(Mirando un bizcocho que ha cogido.)*

Este bizcocho tiene el sombrero al revés. *(Lo deja sin sombrero de un mosdisco.)*

PRIMER POETA.

¡Este pastel, con sus ojos de almendra y sus cejas de angélica, parece perseguir al poeta hambriento!

SEGUNDO POETA.

¡Te escuchamos!

TERCER POETA. *(Aplastando ligeramente un «chou» entre sus dedos.)*

El «chou» babea su crema... ¡parece que se ríe!

SEGUNDO POETA. *(Mordiendo la gran lira de pastel.)*

¡Es la primera vez que una lira me alimenta!

RAGUENEAU. *(Que se dispone a recibir, tose, asegura su gorra y adopta una actitud afectada.)*
¡Una receta en verso!

SEGUNDO POETA. *(AL PRIMERO, DÁNDOLE CON EL CODO.)*
¿Estás desayunando?

PRIMER POETA. *(Al segundo.)*
Sí... ¿y tú cenas?

RAGUENEAU.

«Cómo se hace una tarta de almendras».
Batid clara de huevo
hasta que salga espuma;
añadid jugo de cidra
y leche de almendras dulces;
colocad en el flanco
pastaflora y un poco
de bizcocho
en los dos lados;
verted gota a gota
en vuestro molde
la espuma; metedlo todo
al horno;
sacadlas cuando estén doradas
y tendréis
hechas las tartas almendradas.

LOS POETAS. *(Con la boca llena.)*
¡Exquisito!... ¡delicioso!

UN POETA. *(Atragantándose.)*
¡Homph!...
(Se dirigen hacia el fondo, comiendo. Cyrano, que ha observado toda la escena, se adelanta hacia Ragueneau.)

CYRANO.
¿No ves que acunados por tu voz se hinchan?

RAGUENEAU. *(En voz baja, con una sonrisa.)*

Ya los veo... ¡sin mirarles para que no se turben! Recitar de esta forma mis versos me causa doble placer: ¡Satisfago la dulce necesidad que tengo y doy de comer a los que no han comido!

CYRANO. *(Dándole una palmada en el hombro.)*

¡Me haces gracia! *(Ragueneau va a reunirse con sus amigos; Cyrano le sigue con la mirada; luego, un poco bruscamente.)* ¡Eh, Lisa! *(Lisa, que estaba hablando con el mosquetero, se sobresalta y desciende hacia Cyrano.)* Ese capitan... ¿os asedia?

LISA. *(Ofendida.)*

¡Oh!... Con una mirada, mis hojos sabrían vencer cualquier ataque contra mi virtud.

CYRANO.

Para ser vencedores, veo vuestros ojos abatidos.

LISA. *(Sofocada.)*

Pero...

CYRANO. *(Claramente.)*

Ragueneau me agrada... y no permitiré, señora Lisa, que nadie le ridiculice.

LISA.

Pero...

CYRANO. *(Que ha levantado la voz lo suficiente como para ser oído por el galán.)*

¡A buen entendedor...!

(Saluda al mosquetero y se coloca en la puerta del fondo, observando, tras echar una ojeada al reloj.)

LISA. *(Al mosquetero que simplemente ha devuelto su saludo a Cyrano.)*

¡La verdad... me asombráis!... ¡Replicadle en sus narices!

EL MOSQUETERO.

¿En sus narices?... ¿En sus narices?... ¡Bah! *(Se aleja rápidamente seguido por Lisa.)*

CYRANO. *(Desde la puerta del fondo, haciendo señas a Ragueneau para que se lleve a los poetas.)*
¡Eh!... ¡eh!...

RAGUENEAU. *(A los poetas, señalándoles la puerta de la derecha.)*
Estaremos mejor allí...

CYRANO. *(Impaciente.)*
¡Eh!... ¡pst!...

RAGUENEAU. *(Arrastrándoles.)*
...si queremos leer versos.

PRIMER POETA. *(Desesperado y con la boca llena.)*
¡Pero los pasteles!

SEGUNDO POETA.
¡Llevémonoslos!
(Todos salen en procesión detrás de Ragueneau, después de haber recogido varias bandejas.)

ESCENA V

CYRANO, ROSANA, *la dueña.*

CYRANO.
En cuanto se presente la ocasión, sacaré la carta. *(Rosana, enmascarada y seguida por la dueña, aparece detrás de las vidrieras. Cyrano abre rápidamente la puerta.)*
¡Pasad! *(Dirigiéndose a la dueña.)* ¡Permitidme dos palabras, dueña!

LA DUEÑA.
Las que queráis.

CYRANO.
¿Sois golosa?

LA DUEÑA.

¡Con locura!

CYRANO. *(Cogiendo varios cucuruchos del mostrador.)*

Bien, aquí hay dos sonetos de Benserade...

LA DUEÑA. *(Decepcionada.)*

Pero...

CYRANO.

... que os llenaré de pasteles de crema.

LA DUEÑA. *(Cambiando el gesto.)*

¡Ah!

CYRANO.

¿Os gustan esos pasteles que llaman «petit chou»?

LA DUEÑA. *(Con dignidad.)*

Caballero, ¡todo lo que tenga crema!

CYRANO.

Pues aquí, en el seno de un poema de Saint-Amant, os dejo seis. ¡Y en estos versos de Chapelain os entrego un fragmento, menos pesado, eso sí, de torta! ¡Ah!... ¿Os gustan los pasteles recién sacados del horno?

LA DUEÑA.

¡Hasta ponerme mala!

CYRANO. *(Cargándole los brazos de cucuruchos con pasteles.)*

Ahora idos a comer todo esto a la calle.

LA DUEÑA.

Pero...

CYRANO. *(Empujándola hacia afuera.)*

¡Y no volváis hasta haberlos terminado!

(Cierra la puerta y se dirige hacia Rosana, deteniéndose respetuosamente descubierto, a cierta distancia.)

ESCENA VI

CYRANO, ROSANA *y la dueña un momento.*

CYRANO.

¡Bendito sea el instante en que, acordándose de que existo, llegáis para hablarme! ¿Qué tenéis que decirme?

ROSANA. *(Que se ha quitado el antifaz.)*

Ante todo daros las gracias porque ayer triunfasteis sobre un petulante que, según los deseos de un gran señor, de mí enamorado...

CYRANO.

¿De Guiche?...

ROSANA.

...trataban de imponerme como marido.

CYRANO.

Un marido complaciente¿no? *(Saludando.)* Señora mía, si ayer me batí, no fue por mi horrible nariz sino por vuestros bellos ojos.

ROSANA.

Luego... Yo quería... Pero la petición que voy a haceros es necesario que vea en vos al hermano con quien jugaba en el parque, cerca del lago.

CYRANO.

¡Cuando veníais en verano a Bergerac!

ROSANA.

¡Las ramas de los árboles os servían de espadas...!

CYRANO.

¡Y y a vos de cabelleras rubias las panojas de maíz!

ROSANA.

¡Era el tiempo de los juegos...!

CYRANO.

¡...Y de las moras agrias!

ROSANA.

¡El tiempo en que vos hacíais todo lo que yo deseaba!...

CYRANO.

Rosana, con falda corta, se llamaba entonces Magdalena...

ROSANA.

¿Era bonita?

CYRANO.

¡No erais fea!

ROSANA.

A veces, con la mano ensangrentada por haberos subido a algún árbol, venías a mí... Yo jugaba a mamá, os decía con voz que trataba de ser dura: *(le coge la mano)* ¿Cómo te has hecho este arañazo?»... *(Rosana se detiene estupefacta.)* ¡Oh!... ¿Y esto qué es?... *(Cyrano intenta retrar la mano.)* ¡No!... ¡enseñádmela!... ¡A vuestra edad aún con estas cosas!... ¿Dónde te lo has hecho?

CYRANO.

¡Jugando... en la puerta de Nesle!...

ROSANA. *(Sentándose en una mesa y mojando su pañuelo en un vaso de agua.)*

Dadme la mano.

CYRANO. *(Sentándose también.)*

¡Tan gentil!... ¡tan alegremente maternal!...

ROSANA.

Contadme lo que pasó mientras os limpio un poco la herida, ¿Cuántos eran contra vos?

CYRANO.

¡Oh... no muchos!... Casi cien...

ROSANA.

¡Contadme más!

Cyrano.

No, dejad. Decidme lo que no os atrevéis a decirme.

Rosana. *(Sin soltarle la mano.)*

El recuerdo del pasado me da valor para decíroslo. Estoy enamorada.

Cyrano.

¡Ah!

Rosana.

¡Pero él no lo sabe todavía!

Cyrano.

¡Ah!

Rosana.

¡y es preciso que lo sepa en seguida!

Cyrano.

¡Ah!

Rosana.

Es un pobre muchacho que me ama desde lejos sin atreverse a decírmelo...

Cyrano.

¡Ah!

Rosana.

Dejadme vuestra mano... ¡está enfebrecida! Pero yo he visto temblar el amor en sus labios.

Cyrano.

¡Ah!

Rosana. *(Terminando de hacerle un pequeño vendaje con su pañuelo.)*

Fijaos, primo mío, ¡qué casualidad! Sirve en vuestro regimiento.

Cyrano.

¡Ah!

ROSANA.

¡Es cadete de la misma compañía que vos?

CYRANO.

¡Ah!

ROSANA.

En su frente se nota que es ingenioso, valiente, noble, joven, intrépido, bello...

CYRANO. *(Levantándose, muy pálido.)*

¡Bello!...

ROSANA.

Sí. Pero... ¿qué os pasa?

CYRANO.

No... nada... nada... Es... *(Señala su mano con una sonrisa.)* Es... ¡La herida!

ROSANA.

En fin, le amo. Me parece necesario deciros que nunca le he visto más que en el teatro de la Comedia.

CYRANO.

¿Y no os habéis hablado?

ROSANA.

¿Y con los ojos únicamente!

CYRANO

¿Y cómo sabéis entonces todo eso?

ROSANA.

Bajo los pórtigos de la Plaza Real se habla de todo... Hasta me han asegurado que...

CYRANO.

¿Es cadete?

ROSANA.

¡Cadete de la guardia!

CYRANO.

¿Cómo se llama?

ROSANA.

Barón Cristián de Neuvillette.

CYRANO.

¿Cómo?... ¡Ése no es de los cadetes!

ROSANA.

Sí. Desde esta mañana sirve en la compañía del capitán Carbon de Castel-Jaloux.

CYRANO.

¡Demasiado aprisa lanza su corazón!... Pero, ¡mi pobre niña!...

LA DUEÑA. *(Abriendo la puerta del fondo.)*

Ya he terminado los pasteles, señor de Bergerac.

CYRANO.

Pues leed ahora los versos impresos en los cucuruchos *(La dueña desaparece.)* ¡Mi pobre amiga!, vos que amáis el buen lenguaje y el ingenio...¿qué haríasis si fuese un profano un salvaje?

ROSANA.

¡Imposible!... ¡Tiene los cabellos de un héroe de Urfé!

CYRANO.

¿Y si a pesar de ir bien peinado no tuviese ingenio?

ROSANA.

No puede ser. Todas las palabras que dice son delicadas... ¡lo adivino!

CYRANO.

Sí, todas las palabras son delicadas cuando el mostacho es delicado... ¿Y si fuese un necio?

ROSANA. *(Dando un golpe en el suelo con el pie.)*

Entonces...¡entonces me moriría!

CYRANO. *(Tras una pausa.)*

¿Y me habéis hecho venir aquí para decirme esto? ¡No veo, señora, la utilidad!

ROSANA.

Es... que... ayer me han puesto la muerte en el alma al decirme que todos los de la compañía sois gascones...

CYRANO.

...Y que provocamos a todos los que, sin serlo, son admitidos, por favor, entre nosotros. ¿Es eso lo que nos han dicho?

ROSANA.

Sí. ¡Y podéis imaginaros lo que temblé al oírlo!

CYRANO. (*Entre dientes.*)

¡No sin razón!

ROSANA.

Al veros ayer invencible castigando a aquel petimetre, pensé que, si vos quisieseis, todos le respetarían.

CYRANO.

¡Está bien! ¡Defenderé a vuestro baroncito!

ROSANA.

¿Verdad que le defenderéis? ¡Siempre sentí por vos una amistad tan tierna!...

CYRANO.

¡Sí, sí!

ROSANA.

¿Seréis su amigo?

CYRANO.

¡Lo seré!

ROSANA.

¿Y me juráis que nunca tendrá que batirse?

CYRANO.

¡Os lo juro!

ROSANA.

¡No sabéis cuánto os lo agradezco!... Ahora perdonadme, pero tengo prisa. (*Se coloca la máscara y un encaje sobre la frente y añade distraída.)* ¡Oh!... ¡pero si no me habéis contado la batalla de esta noche!... ¡Debió ser asombroso! ¡Ah!... ¡decidle que me escriba!. *(Le envía un beso con la mano.)* ¡Os quiero mucho!

CYRANO.

¡Sí, sí!

ROSANA.

¡Cien hombres contra vos!... Bueno, me marcho. ¡Recordad que somos grandes amigos!

CYRANO.

¡Sí, sí!

ROSANA.

¡Que me escriba!... ¡Cien hombres!... ¡Ya me lo contaréis otro día!... ahora tengo prisa... ¡Cien hombres...! ¡Qué valor!

CYRANO. *(Despidiéndose.)*

¡Más lo he tenido después!.

(Ella sale. Cyrano permanece inmóvil con los ojos fijos en el suelo. Pausa. La puerta se abre. Ragueneau asoma la cabeza.)

ESCENA VII

CYRANO, RAGUENEAU, *los poetas*, CARBON DE CASTEL-JALOUX, *los cadetes, la multitud, etc. Después* DE GUICHE.

RAGUENEAU.

¿Puedo pasar ya?

CYRANO. *(Sin moverse.)*

¡Adelante!

(Ragueneau hace una seña y sus amigos entran. Al mismo tiempo, por la puerta del fondo, aparece Carbon de Castel-Jaloux, vestido de capitán de guardias. Hace grandes gestos al ver a Cyrano.

CARBON DE CASTEL-JALOUX.

¡Aquí está!

CYRANO. *(Levantando la cabeza.)*

¡Mi capitán!

CARBON. *(Alegre.)*

¡Nuestro héroe!... ¡Lo sabemos todo!... Una treintena de cadetes están aquí.

CYRANO. *(Retrocediendo.)*

Pero...

CARBON. *(Intentando arrastrarle.)*

¡Ven!... ¡quisiera verte!

CYRANO.

¡No!

CARBON.

Están todos ahí, en la taberna de enfrente, «La Cruz del Traidor».

CYRANO.

Pero yo...

CARBON. *(Dirigiéndose a la puerta y gritando entre bastidores con voz de trueno.)*

¡El héroe no quiere! ¡Está de un humor de perros!

UNA VOZ. *(Desde fuera.)*

¡Ah!... ¡vaya!...

(Tumulto, ruido de espadas que se acercan.)

CARBON. *(Frotándose las manos.)*

¡Ya están atravesando la calle!

LOS CADETES. *(Entrando en la pastelería.)*

¡Mil diablos...! ¡«Capdedious»!... ¡«Mordious!.. ¡«Pocapdedious»!...

RAGUENEAU. *(Retrocediendo espantado.)*
   Caballeros... ¿sois todos de Gascuña?

LOS CADETES.
   ¡Todos!

UN CADETE. *(A Cyrano.)*
   ¡Bravo!

CYRANO.
   ¡Barón!

OTRO CADETE. *(Dándole un apretón de manos.)*
   ¡Viva!

CYRANO.
   ¡Barón!

TERCER CADETE.
   ¡Venga un abrazo!

CYURANO.
   ¡Barón!

VARIOS GASCONES.
   ¡Abracémosle!

CYRANO. *(No sabiendo cómo responder.)*
   ¡Barón!... ¡Barón!... ¡Barón!... ¡Gracias!

RAGUENEAU.
   ¿Y todos sois barones, caballeros?

LOS CADETES.
   ¡Todos!

RAGUENEAU.
   ¿Todos?

PRIMER CADETE.
   ¡Con nuestras rodelas, podría levantarse una torre!

LE BRET. *(Entrando y corriendo hacia Cyrano.)*
   ¡Te buscan! Una multitud delirante viene hacia acá, conducida por los que anoche te siguieron.

CYRANO. (Espantado.)
   ¿No les habréis dicho dónde estoy?

LE BRET. (Frotandose las manos.)
   ¿Por qué no se lo íbamos a decir?

UN BURGUÉS. *(Entra, seguido de un grupo.)*
   Caballero, ¡todo el Marais quiere presentarse aquí!

   (Fuera, la calle está llena de gente. Las sillas de mano y las carrozas se detienen.)

LE BRET. *(En voz baja y sonriendo a Cyrano.)*
   ¿Y Rosana?

CYRANO. *(Con viveza.)*
   ¡Cállate!

LA MULTITUD. *(Gritando desde fuera.)*
   ¡CYRANO!...

   (Una muchedumbre se precipita en la pastelería. Tumulto. Aclamaciones.)

RAGUENEAU. *(De pie sobre una silla.)*
   ¡Han invadido mi tienda!... ¡Están rompiéndodolo todo!... ¡Es formidable!...

LA GENTE. *(Alrededor de Cyrano.)*
   ¡Amigo mío!... ¡Amigo mío!...

CYRANO.
   Que yo recuerde... ¡no tenía ayer tantos amigos!

LE BRET. *(Emocionado.)*
   ¡El éxito!

UN JOVEN MARQUÉS. *(Corriendo hacia él con los brazos abiertos.)*
   ¡Si tú supieras, querido amigo!...

CYRANO.
   Si tú... ¿Tú?... ¿Puede saberse dónde hemos bebido juntos?

OTRO.

¡Caballero!... quisiera presentaros algunas damas que hay en mi carroza.

CYRANO. *(Con frialdad.)*

Y a vos... ¿quién os ha presentado ante mí?

LE BRET. *(Estupefacto.)*

Pero ¿que haces?

CYRANO.

¡Cállate!

UN HOMBRE DE LETRAS. *(Que trae un escritorio.)*

¿Podríais darme algunos detalles sobre...?

CYRANO.

¡No!

LE BRET. *(Dándole un codazo.)*

¡Pero si es Teofastro Renaudot, el inventor de la Gaceta!

CYRANO.

¡Basta!

LE BRET.

¡Ten en cuenta que en esas hojillas que publica se cuenta todo y que al parecer tendrá un gran porvenir!

EL POETA. *(Adelantándose.)*

¡Caballero!...

CYRANO.

¡Otro más!

EL POETA.

Quisiera hacer un acróstico con las iniciales de vuestro apellido...

OTRO CUALQUIERA. *(Avanzando.)*

¡Caballero!...

CYRANO.

¡Basta ya!

(Movimiento. La gente se divide en dos filas. De Guiche aparece escoltado por los oficiales, Cuigy, Brissaille, y los que marcharon con Cyrano al terminar el primer acto. Cuigy presenta a Cyrano.)

CUIGY. *(A Cyrano.)*

El señor De Guiche. (Murmullo. La gente deja paso.) Viene de parte del mariscal De Gassion...

DE GUICHE. *(Saludando a Cyrano.)*

...que me encarga demostraros su admiración por vuestra última hazaña.

LA MULTITUD.

¡Bravo!

CYRANO. *(Inclinándose.)*

¡El mariscal sabe reconocer el valor!

DE GUICHE.

¡Nunca hubiera crído lo que hicisteis si estos caballeros no hubieran jurado haberlo visto!

CUIGY.

¡Con vuestros propios ojos!

LE BRET. *(En voz baja, a Cyrano, que está como ausente.)*

Pero...

CYRANO.

¡Cállate!

LE BRET.

Me parece que estás sufriendo por algo.

CYRANO. *(Temblando e irguiéndose rápidamente.)*

¿Ante esta gente?... *(Su mostacho se atiesa y respira con fuerza.)* ¿Yo... sufrir? ¡Ahora verás!

DE GUICHE. *(Al que Cuigy ha dicho algo al oído.)*

Vuestra carrera está llena de grandes hazañas y, según tengo entendido, servís con esos locos de los gascones, ¿no es así?

CYRANO.

¡Con los cadetes!

UN CADETE. *(Dando una gran voz.)*

¡Con nosotros!

DE GUICHE. *(Mirando a los gascones, colocados detrás de Cyrano.)*

¡Ah!... Todos estos caballeros tienen la mirada altiva...
¿Son los famosos cadetes de Gascuña?

CARBON.

¡Cyrano!

CYRANO.

¡Capitán!

CARBON.

Ya que, según parece, está aquí toda mí compañía, ¿queréis
presentársela al conde?

CYRANO. *(Adelantando dos pasos hacia De Guiche y seña-*
lando a los cadetes.)

> ¡Éstos son los cadetes de Gascuña
> con Carbon, su capitán!
> ¡Luchadores, mentirosos,
> nobles, firmes, valerosos,
> ¡así son los cadetes de Gascuña
> con Carbon, su capitán!
>
> ¡Ojos de buitre, pies de cigüeña,
> mostacho tieso, dientes de lobo
> cuando su furia enseñan
> a la canalla!
> ¡Ojos de buitre, pies de cigüeña,
> con viejos chambergos, de agujeros
> llenos y calzados rotos
> vestidos van!
> ¡Ojos de buitre, pies de cigüeña,
> mostacho tieso, fiero ademán!

Raja-Tripas y Rompe-Hocicos
son los apodos que ellos se dan!
Ebrios de gloria,
Raja-Tripas y Rompe-Hocicos
en cualquier parte donde haya riña
allí ellos cita se dan.
Raja-Tripas y Rompe-Hocicos
son los apodos que ellos se dan!

¡Éstos son los cadetes de Gascuña
con Carbon, su capitán!
Hacen cornudos a los celosos.
De las mujeres, ¡dulce placer!
¡Éstos son los cadetes de Gascuña
con Carbon su capitán!
¡Que los maridos frunzan el ceño!
¡Suenen trompetas! ¡Pájaros, cantad!
¡Que aquí están los cadetes de Gascuña
con Carbon, su capitán!

DE GUICHE. *(Que ha permanecido sentado negligentemente en un sillón que Ragueneau trajo apresuradamente.)*
Un poeta es un lujo hoy día... ¿queréis servir en mi casa?

CYRANO.
¡No! ¡Con nadie!

DE GUICHE.
Vuestra verborrea divitió ayer a mi tío Richeliu. Dwesearía que sirvieseis a su lado.

LE BRET. *(Entusiasmado.)*
¡Dios mío!

DE GUICHE.
Según tengo entendido, habéis escrito alguna obra de teatro...

LE BRET. *(Al oído de Cyrano.)*
¡Al fin se representará tu «Agripina»!

DE GUICHE.

...Llevádselas...

CYRANO.

¡La verdad es que...!

DE GUICHE.

El es un hombre experto en estas cosas y os corregirá sólo algunos versos.

CYRANO. *(Cuya mirada se ha oscurecido repentinamente.)*

¡Imposible, señor! ¡Mi sangre se hiela al pensar que alguien pueda tocar un solo de mis versos!

DE GUICHE.

¿No sabéis, amigo mío, que cuando un verso le agrada, lo paga muy bien?

CYRANO.

¡No tan bien como yo, que, cuando hago un verso que me gusta, me lo pago cantándomelo a mí mismo!

DE GUICHE.

¡Sois orgulloso!

CYRANO.

¿Lo habéis notado?

UN CADETE. *(Entra trayendo ensartados en su espada, varios sombreros sucios y agujereados.)*

¡Mira, Cyrano!... Son los sombreros de los cobardes que anoche pusiste en fuga. Los hemos encontrado esta mañana junto al muelle.

CARBON.

¡Bellos despojos!

LA GENTE. *(Riendo.)*

¡Ja, ja, ja!

CUIGY.

El que pagó a aquellos miserables, debe estar rabiando como un perro.

BRISSAILLE.

¿Se sabe ya quién es?

DE GUICHE.

¡Fui yo! *(Las risas se detienen.)* Les ordené castigar un poetastro borrachín, porque hacerlo en persona me resultaba desagradable.

(Silencio molesto.)

EL CADETE. *(A media voz, mostrando a Cyrano los sombreros.)*

¿Qué quieres que haga con esto? Están llenos de grasa... ¿Una pepitoria?

CYRANO. *(Cogiendo la espada en la que están ensartados los sombreros y dejándolos caer a los pies de De Guiche, con un saludo.)*

Señor, ¿quisiérais devolvérselos a vuestros amigos?

DE GUICHE. *(Levantándose y diciendo con voz grave.)*

¡Mi silla! en seguida ¡Parto al instante! *(A Cyrano, violentamente.)* ¡En cuanto a vos...!

UNA VOZ. *(DESDE LA CALLE, GRITANDO.)*

¡La silla del señor conde De Guiche!...

DE GUICHE. *(Que se ha dominado, con una sonrisa.)*

¿Habéis leído el Quijote?

CYRANO.

Sí, y me descubro ante el nombre de ese genial loco.

DE GUICHE.

Deberías meditar entonces...

UNA VOZ. *(Desde el fondo.)*

¡Ya está aquí la silla!

DE GUICHE.

...sobre el capítulo de los molinos.

CYRANO. *(Saludando.)*

Capítulo trece.

De Guiche.

Tened cuidado, porque cuando se les ataca puede suceder...

Cyrano.

¿Es que yo ataco a gente que cambia según los vientos?

De Guiche.

...que un molinete de sus grandes brazos de tela, os lance al barro.

Cyrano.

¡O a las estrellas!

(De Guiche sale. Se le ve subir a la silla; los caballeros se alejan cuchicheando. Le Bret les acompaña hasta la puerta. La gente sale.)

ESCENA VIII

Cyrano, Le Bret, *y los cadetes, sentados alrededor de la mesa; se les sirve comida y bebida.*

Cyrano. *(Saludando con aire burlón a los que se marchan sin atreverse a saludarle.)*
¡Caballeros!... ¡Caballeros!... ¡Caballeros!...

Le Bret. *(Desolado, con los brazos al aire.)*
¡En qué jaleo te has metido!

Cyrano.
¿Ya empiezas a gruñirme?

Le Bret.
Por lo menos estarás de acuerdo conmigo en que es demasiado desperdiciar constantemente la suerte que viene a tus manos.

Cyrano.
¡Demasiado!... Tienes razón: ¡es demasiado!

LE BRET.

¡Entonces...!

CYRANO.

Pero me parece que al principio, y también como ejemplo, es bueno exagerar un poco.

LE BRET.

Si olvidases tu alma mosquetera, podrías conseguir gloria y fortuna...

CYRANO.

¿Y qué tendría que hacer? ¿Buscar un protector, tomar un amo, y como una hiedra oscura que rodea un tronco lamiéndole la corteza, subir con astucia en vez de elevarme por la fuerza. ¡No, gracias! ¿Dedicar, como todos hacen, versos a los financieros? ¿Convertirme en bufón con la vil esperanza de ver nacer una sonrisa amable en los labios de un ministro? ¡No gracias! ¿Desayunar todos los días con un sapo? ¿Tener el vientre desgastado de arrastrarme y la piel de las rodillas sucias de tanto arrodillarme? ¿Hacer genuflexiones de agilidad dorsal? ¡No, gracias! ¿Tirar piedras con una mano y adular con la otra? ¿Procurarme ganancias a cambio de tener siempre preparado el incensario? ¡No, gracias! ¿Subir de amo en amo, covertirme en un hombrecillo y navegar por la vida con madrigales por remos y por velas, suspiros de amores viejos? ¡No, gracias! ¿Conseguir que Servy edite mis versos, pagando? ¡No, gracias! ¿Trabajar por hacerme un nombre con un soneto, y no hacer otros? ¡No, gracias! ¿Hacerme nombrar papa por los cónclaves de imbéciles de los mesones? ¡No, gracias! ¿No descubrir el talento más que a los torpes, ser vapuleado por las gacetas y repetir sin cesar: «¡Oh!, ¡a mí, a mí, que he sido elogiado por el *Mercurio de Francia!*»? ¡No, gracias! ¿Calcular, tener miedo, estar pálido, preferir hacer una visita antes que un poema, releer memoriales, hacerse presentar? ¡No, gracias! ¡No, gracias! ¡No, gracias!

Cantar, soñar, reír, caminar, estar solo, ser libre, saber que mis ojos ven bien, que mi voz vibra, ponerme al revés el sombrero cuando me plazca, batirme por sí o por un no, hacer versos... trabajar sin inquietarme la fortuna o la gloria, pensar en un viaje a la Luna, no escribir nunca nada que no nazca de mí mismo y contentarme, modestamente, con lo que salga; decirme: «Amigo mío, conténtate con flores, con frutos, o incluso con hojas, si en tu propio jardín las siembras y las recoges.» Y si, por casualidad llegara al triunfo, no verme obligado a devolver nada al César; guardar el mérito para mí mismo, y desdeñar la parásita hiedra... O incluso, siendo encina o tilo, subir, subir... subir siempre solo, ¡aunque no alcance mucha altura!

Le Bret.

Completamente solo, de acuerdo; pero no contra todos! ¡Tienes la espantosa manía de sembrar enemigos por todas partes!

Cyrano.

He adquirido esa costumbre a fuerza de verte hacer amigos y reír con ellos en todas partes. Sabes de sobra que por detrás te insultan. Al pasar, casi nadie te saluda, y yo me digo con alegría: ¡un enemigo más!

Le Bret.

¡Que aberración!

Cyrano.

Sí, pero es mi vicio: desagradar me agrada. Me gusta que me odien. Amigo mío, ¡si supieras lo bien que se camina bajo la mirada de unos ojos excitados que intentan fulminarte! ¡Y cómo me divierten las manchas que sobre mi capa dejan la hiel de los envidiosos y la baba de los cobardes! La dulce amistad de tus amigos se parece a esos cuellos calados y flotantes de Italia, con los que el cuello se afemina y debilita; eso sí, son cómodos, aunque roban la expresión altiva, porque al no tener la frente ni sostén ni estorbo, la cabeza se cae en todos los sentidos. Para mí, en cambio, el odio es cada día como un cuello rizado que me obliga con su almidón a levantar la cabeza. Un enemigo más es un nuevo pliegue que me añade una molestia, pero también un rayo de luz, porque, según el refrán español, el odio es un dogal, y también una aureola.

LE BRET. *(Tras un silencio, cogiéndole por el brazo.*

Di a todo el mundo, y en voz alta, tu orgullo y tu amargura, pero a mí no me engañes. ¡Confiésame en secreto que ella no te ama!

CYRANO. *(Vivamente.)*

¡Cállate!

(Cristián ha entrado hace un momento y se mezcla a los cadetes que no le dirigen la palabra; termina por sentarse solo en una pequeña mesa donde Lisa le atiende.)

ESCENA IX

CYRANO, LE BRET, *los cadetes,* CRISTIÁN DE NEUVILLETTE.

UN CADETE. *(Sentado en una mesa del fondo y con el vaso en la mano.)*

¡Eh, Cyrano! *(Cyrano se vuelve hacia él.)* ¡Cuéntanos qué pasó!

CYRANO.

Ahora mismo. ¡Esperad un momento!

(Pasea del brazo de Le Bret, mientras habla en voz baja.)

EL CADETE. *(Levantándose y dirigiéndose a la mesa donde está Cristián.)*

¡Cuéntanos como sucedió! Será la mejor lección paaara un tímido aprendiz.

CRISTIÁN. *(Levantando la cabeza.)*

¿Aprendiz?

OTRO CADETE.

¡Sí, paliducho norteño!

CRISTIÁN.

¿Paliducho?

PRIMER CADETE. *(Con aire de burlón.)*

Señor de Neuvillette, aprended una cosa: ¡entre nosotros existe algo de lo que nunca hablamos porque de hacerlo sería lo mismo que mentar la soga en casa del ahorcado!

CRISTIÁN.

¿Qué es?

OTRO CADETE. *(Con una gran voz.)*

¡Miradme! *(Pone su dedo misteriosamente en la nariz tres veces consecutivas.)* ¿Me habéis comprendido?

CRISTIÁN.

¡Ah... la...!

OTRO CADETE.

¡Chiss!... Esa palabra nunca se pronuncia. *(Señala a Cyrano, que habla al fondo con Le Bret.)* ¡El que lo haga, tendrá que vérselas con él!

OTRO. *(Que mientras Cristián estaba hablando con los otros, se ha sentado sin ruido en una mesa colocada a su espalda.)*

¡Mató a dos gangosos porque no le gustaba que hablasen por la nariz!

OTRO. *(Con voz cavernosa, surgiendo de debajo de la mesa donde se ha deslizado a cuatro patas.)*

¡El que quiera morir de viejo, que no haga ninguna alusión al fatal apéndice!

OTRO. *(Poniéndole la mano en el hombro.)*

¡Con una palabra es suficiente!... ¿Qué digo?... ¿Con una palabra?... ¡un gesto basta! ¡Sólo sacar el pañuelo es tirar uno mismo de su propia mortaja!

(Silencio. todos a su alrededor, con los brazos cruzados, le miran. Se levantan y va a donde se halla Carbon de Castel-Jaloux, que, hablando con un oficial, parece no haber visto nada.)

CRISTIÁN.

¡Capitán!

CARBON. *(Volviéndose y mirándole de arriba a abajo.)*

¿Qué queréis?

CRISTIÁN.

¿Qué se debe hacer cuando uno se encuentra con meridionales demasiado fanfarrones?

CARBON.

¡Demostrarles que se puede ser del Norte y valiente!) *Le da la espalda.)*

CRISTIÁN.

¡Gracias!

PRIMER CADETE. *(A Cyrano.)*

¡Ahora cuéntanoslo!

TODOS. ¡Que lo cuente!... ¡Que lo cuente!...

CYRANO. *(Dirigiéndose hacia ellos.)*

¿Que lo cuente? ¡bien! *(Todos acercan sus taburetes y se agrupan a su alrededor, tendiendo el cuello. Cristián, se sienta a caballo de una silla.)* Pues iba completamente solo a su encuentro. La luna en el cielo brillaba como un reloj; de repente, no sé qué cuidadoso relojero pasó un paño de nubes por la caja plateada de aquel reloj redondo. Se hizo la oscuridad. Era la noche más negra del mundo, y como los muelles no estaban suficientemente iluminados... ¡maldita sea!... no se veía más allá de...

CRISTIÁN.

¡De un palmo de narices!

(Silencio. Todos se levantan lentamente. Miran a Cyrano con terror. Éste se ha callado, estupefacto. Pausa.)

CYRANO.

¿Quién es este hombre?

UN CADETE. *(A media voz.)*

¡Ha llegado esta mañana!

CYRANO. *(Dirigiéndose hacia Cristián.)*

¿Esta mañana?

CARBON. (A media voz.)

Es el barón de Neuvil...

CYRANO. *(Deteniéndose rápidamente.)*

¡Ah¡... Está bien. *(Palidece, se pone rojo, parece que va a lanzarse sobre Cristián.)* ¡Yo... *(Después se domina y dice con voz sorda.)* ¡Está bien! *(Vuelve al hilo de su relato.)* Como decía... *(Con un estallido de rabia en la voz.)* ¡«Mordious»!... *(Continúa en tono natural.)...* no se veía nada... *(Estupor entre los cadetes que vuelven a sentarse mirándose unos a otros.)* ...y yo caminaba pensando que por culpa de un puñado de rufianes, me iba a indisponer con algún noble, que, desde luego, me cogería...

CRISTIÁN.

¡Por las narices!

(Todos se levantan. Cristián se balancea en su silla.)

CYRANO. *(Atragantándose.)*

...me cogería ojeriza... que, imprudentemente, iba a meter...

CRISTIÁN.

¡Las narices!...

CYRANO. *(Enjugando el sudor de la frente.)*

...la cabeza entre la espada y la pared... porque ese noble podía tener tanto valimiento que quizá me...

CRISTIÁN.

Rompiese las narices...

CYRANO.

...castigase. Pero me dije: ¡Adelante, gascón, haz lo que debes! ¡Adelante, Cyrano! Cuando ya había decidido continuar, surgió repentinamente de las sombras... un...

CRISTIÁN.

¡Un narizotas!

CYRANO.

...un le detengo y me doy...

CRISTIÁN.

¡...de narices!...

CYRANO. *(Saltando hacia él.)*

¡Por los clavos de Cristo! *(Todos los gascones se adelantan para ver qué sucede; Cyrano llega junto a Cristián, se domina y continúa.)* ...y me doy de frente con cien borrachos que a...pestaban a vino y a cebolla. ¡Salto contra ellos, la frente baja...

CRISTIÁN.

¡La nariz al viento!...

CYRANO.

...me lanzo a fondo, atravieso a dos por el estómago; ensarto a uno completamente vivo... Si alguien me ataca, ¡paf!, ¡yo le respondo...!

CRISTIÁN.

¡Pif!...

CYRANO. *(Estallando.)*

¡Rayos y truenos!... ¡Salid todos!
(Los cadetes se precipitan hacia las puertas.)

PRIMER CADETE.

¡Es el despertar del tigre!

CYRANO.
¡Salid todos y dejadme a solas con este hombre!

SEGUNDO CADETE.
¡Lo va a hacer picadillo!

RAGUENEAU.
¿Picadillo?...

OTRO CADETE.
¡Y lo va ameter de rellenp en uno de tus pasteles!

CARBON.
¡Salgamos!

OTRO.
¡No va adejar ni las migas!

OTRO.
¡La que se va a armar aquí!

OTRO. *(Cerrando la puerta de la derecha.)*
¡Algo espantoso!

(Ya han salido todos por el fondo o por los laterales; algunos lo han hecho por la escalera. Cyrano y Cristián permanecen frente a frente y se miran un momento.)

ESCENA X

CYRANO y CRISTIÁN.

CYRANO.
¡Abrázame!

CRISTIÁN.
¡Caballero!...

CYRANO.
¡Bravo!... ¡Muy bien!

CRISTIÁN.

¡Ah, pero...!

CYRANO.

¡Muy bien!... ¡Lo prefiero así!

CRISTIÁN.

Vos me diréis.

CYRANO.

¡Abrázame!... ¡Soy su hermano!

CRISTIÁN.

¿De quién?

CYRANO.

¡De ella!

CRISTIÁN.

¿Cómo?...

CYRANO.

¡De Rosana!

CRISTIÁN. (*Corriendo a su encuentro.*)

¡Cielos!... ¿Vos su hermano?

CYRANO.

O como si lo fuera: ¡su primo hermano!

CRISTIÁN.

¿Y ella os ha dicho?

CYRANO.

¡Todo!

CRISTIÁN.

¿Y me quiere?

CYRANO.

Probablemente.

CRISTIÁN. (*Cogiéndole las manos.*)

¡Oh. cuanto me alegra haberos conocido!

CYRANO.

¡Vaya!, ¡qué repentinamente nacen los sentimientos!

CRISTIÁN.

¡Perdoname!

CYRANO. *(Mirándole y poniéndole la mano sobre el hombro.)*
¡La verdad es que es hermoso!

CRISTIÁN.

¿Si supierais cuanto os admiro!

CYRANO.

¿A pesar de todas mis narices?

CRISTIÁN.

¡Las retiro ahora mismo!

CYRANO.

¡Rosana espera esta misma tarde una carta!

CRISTIÁN.

¿Qué?... ¿Una carta?...

CYRANO.

¡Sí!

CRISTIÁN.

¡Será mi perdición!

CYRANO.

¿Por qué?

CRISTIÁN.

¡Soy muy torpe y me falta ingenio!

CYRANO.

Si eres capaz de comprenderlo, ya no eres tan tonto. ¡Además no me atacaste tan mal!

CRISTIÁN.

¡Bah!... Cuando se trata de atacar, las palabras le salen a uno de la boca; pero ante una mujer, no sé qué decir... ¡Y sus ojos, cuando junto a ellas paso, tienen tantas bondades para mí!

CYRANO.

¿Y no tienen más sus corazones cuando os detenéis?

CRISTIÁN.

No, porque, lo sé y tiemblo al pensarlo, soy de esos que no saben hablar de amor.

CYRANO.

¡Vaya!... ¡Me parece que si se hubiesen cuidado de modelarme mejor, hubiese sido de los que saben hablar!

CRISTIÁN.

¡Ay!, ¡quién pudiera expresarse con gracia!

CYRANO.

¡Si yo consiguiera ser un guapo mosquetero!

CRISTIÁN.

¡Quiero a Rosana y voy a desilusionarla!

CYRANO. *(Mirando a Cristián.)*

¡Si yo encontrase para expresar mis sentimientos un intérprete parecido a éste!

CRISTIÁN. *(Con desesperación.)*
¡Me falta ingenio!

CYRANO. *(Repentinamente.)*

¡Yo te lo presto a cambio de tu encanto físico y seductor! ¡Hagamos los dos un héroe novelesco!

CRISTIÁN.

¿Qué...?

CYRANO.

¿Te sientes con las fuerzas necesarias para repetir lo que yo te enseñe cada día?

CRISTIÁN.

¿Me propones...?

CYRANO.

¡Rosana no se desilusionará! Dime, ¿quieres que entre los dos la conquistemos? ¿Quieres sentir pasar de mi jubón de payaso a tu jubón bordado lo que mi alma te inspire?

CRISTIÁN.

¡Pero Cyrano!...

CYRANO.

¿Quieres?

CRISTIÁN.

¡Me das miedo!

CYRANO.

Ya que temes enfriar su corazón, ¿por qué no intentar que sus labios y mis frases colaboren?

CRISTIÁN.

¡tus ojos brillaan!

CYRANO.

¿Aceptas?

CRISTIÁN.

¿Tanto placer te causaría?

CYRANO. *(Nervioso.)*

¡Esto...! *(Refrenándose y añadiendo como poeta.)* ¡Esto me divertiría! ¡Es una experiencia digna de un poeta! ¿Quieres completarme y que yo te complete? ¡Tu caminarás y yo iré a tu lado, en la sombra. ¡Yo seré tu ingenio y tú serás mi belleza!

CRISTIÁN.

¡Pero nunca podré escribir la carta que hay que enviarle esta noche!

CYRANO. *(Sacando de su jubón la carta escrita por él.)*

¡Toma!, ¡aquí está!

CRISTIÁN.

¿Cómo?...

CYRANO.

¡Sólo faltan las señas!

CRISTIÁN.

¡Yo...!

CYRANO.

Puedes enviársela con toda tranquilidad... ¡está bien escrita!

CRISTIÁN.

¿Y la habías...?

CYRANO.

¡Los poetas siempre tenemos en nuestros bolsillos cartas dirigidas a imaginadas Cloris... ¡a las Cloris de nuestros sueños!... porque nosotros somos los que por amante únicamente tenemos la ilusión sugerida por las burbujas de un nombre. Tómala y harás realidad mis divagaciones. Yo lancé al azar estas quejas y lamentos: tu verás posarse esos pájaros errantes. ¡Cógela: verás que cuanto más elocuente, fui menos sincero! ¡Cógela y terminemos!

CRISTIÁN.

Pero, ¿ni siquiera hay que cambiar algunas palabras? Escrita así, como una divagación... ¿servirá para el caso de Rosana?

CYRANO.

¡Irá como un guante!

CRISTIÁN.

Pero...

CYRANO.

La credulidad del amor propio es tan grande, que Rosana creerá que está escrita para ella.

CRISTIÁN.

¡Gracias amigo mío!

(Se arroja en brazos de Cyrano y permanecen abrazados.)

ESCENA XI

CYRANO, CRISTIÁN, *los gascones, el mosquetero* y LISA.

UN CADETE. *(Abriendo la puerta.)*

¡Nada!... ¡Un silencio de muerte!... ¡No me atrevo a mirar!... ¿Eh?...

TODOS LOS CADETES. *(Entran y ven a Cyrano y a Cristián abrazados.)*

Pero si...

UN CADETE.

¡Esto es demasiado!

(Consternación general.)

EL MOSQUETERO. *(Burlón.)*

¡Vaya!...

CARBON.

Nuestro demonio es tan dulce como un apóstol: ¡cuando se le golpea en una nariz, tiende la otra!

EL MOSQUETERO.

Ya podemos decir de sus narices lo que queramos. *(Llamando a Lisa, y con aire de vencedor.)* ¡Lisa, ven!... ¡Ahora verás! *(Aspirando con afectación.)* ¡Oh!... ¡oh!... ¡Es sorprendente!... ¡Qué olor!... *(Dirigiéndose a Cyrano, cuya nariz mira con impertinencia.)* ¡Este caballero debe haberlo notado! ¿A qué huele aquí?

CYRANO. *(Abofeteándole.)*

¡A palo santo¡

(Risas. Los cadetes han vuelto a encontrar a su Cyrano y dan gritos de alegría.)

ACTO TERCERO

El beso de Rosana

Una pequeña plaza del antiguo barrio de Marais. Viejas mansiones. Al fondo, callejuelas. A la derecha, la casa de Rosana y el muro de su jardín, por encima del cual asoma la hojarasca de los árboles. Sobre la puerta, un balcón y junto a ella un banco.

Hiedras que trepan por el muro; los jazmines adornan el balcón. formando una guirnalda que se retuerce y cae. Puede subirse fácilmente hasta éste, trepando por el banco y las piedras salientes del muro.

Enfrente, una vieja casa del mismo estilo, en piedra y ladrillo, con puerta de entrada. El aldabón de esta puerta se halla cubierto de tela, como un dedo herido.

Al levantarse el telón, la dueña esta sentada en el banco. El balcón de Rosana, abierto de par en par.

De pie, junto a la dueña, Ragueneau, vestido con una especie de librea, acabando de contar algo y secándose los ojos.

ESCENA I

RAGUENEAU, *la duena; después* ROSANA, CYRANO y *dos pajes.*

RAGUENEAU.

...Y después se fugó con un mosquetero. Solo y arruinado, decidí ahorcarme. Ya tenía los pies en el aire cuando el señor de Bergerac entró y, tras cortar la soga, me ofreció el puesto de intendente en saca de su prima.

LA DUEÑA.

Pero, ¿cómo puede explicarse que estéis arruinado?

RAGENEAU.

¡A Lisa le gustaban los guerreros y a mí los poetas! Marte se comía los pasteles que dejaba Apolo. Podéis comprender que no hizo falta mucho tiempo para arruinarme.

LA DUEÑA. *(Levantándose y llamando por la ventana abierta.)*

¡Rosana!, ¿estáis preparada? ¡nos están esperando!

VOZ DE ROSANA. *(Por la ventana.)*

¡Un momento que me ponga el velo!

LA DUEÑA. *(A Ragueneau, señalando la puerta de enfrente.)*

Vamos ahí enfrente, a casa de Clomira. En su tertulia se leerá hoy un discurso sobre «le Tendre».*

RAGUENEAU.

¿Sobre «le Tendre»?

LA DUEÑA. *(Haciendo carantoñas.)*

¡Claro! *(Gritando hacia la ventana.)* ¡Rosana, que se hace tarde!... ¡Vamos a perdernos el discurso sobre «le Tendre»!

VOZ DE ROSANA.

¡Ya bajo!

(Se oye música de instrumentos de cuerda que se aproxima.)

VOZ DE CYRANO. *(Cantando entre bastidores.)*

¡La... la... la... la...!

LA DUEÑA. *(Sorprendida.)*

¡Me parece que tendremos serenata!

CYRANO. *(Entra seguido por dos pajes con laúdes.)*

¡Te repito que esa corchea es triple, triple idiota!

PRIMER PAJE. *(Irónico.)*

¿Sabéis, señor, si las corcheas pueden ser triples?

---

* N. del E. País imaginario que se puso de moda en Francia en el siglo XVIII, entre las clases distinguidas. Esta fantasía del país de la Ternura tuvo sus inicios en un juego de salón y fue divulgado principalmente por la señorita de Scudéry.

CYRANO.

¡Cállate! ¡Soy músico como todos los discípulos de Gassendi!

EL PAJE. *(Tocando y bailando.)*

¡La... la...!

CYRANO. *(Arrancándole de las manos el laúd y continuando la frase musical.)*

Yo seguiré. ¡La... la... la... la...!

ROSANA. *(Apareciendo en el balcón.)*

¿Sois vos?

CYRANO. *(Cantando.)*

¡Yo, que vengo a saludar a vuestros lirios y a presentar mis respectos a vuestras rosas!

ROSANA.

¡Ahora mismo bajo!

(Desaparece del balcón.)

LA DUEÑA. *(Señalando a los pajes.)*

¿Son acaso virtuosos?

CYRANO.

¡Una apuesta que he ganado a Assoucy! Discutíamos sobre el problema gramatical. ¡Sí!... ¡No!... ¡Sí... ¡No¡... De repente, señalandome a estos dos grandes perillanes, hábiles en tocar las cuerdas del laúd y que siempre lleva consigo, me dijo: «Si no tengo razón, os presto por un día estos dos músicos.» ¡Y perdió! Hasta que el sol vuelva a comenzar su órbita, tendré tras mis talones estos dos laudistas, que serán testigos de todo lo armonioso que yo haga. Al principio eran encantadores: ¡ahora ya lo son menos! *(A los músicos.)* ¡Eh!, marchaos a tocar a Montfleury una pavana de mi parte! *(Los pajes se disponen a salir. A la dueña.)* Como todas las tardes, vengo a preguntar a Rosana... *(A los pajes que salen:)* ¡Tocad durante mucho tiempo y desafinad lo que podáis! *(A la dueña:)* ...si ha encontrado en su amor algún defecto.

ROSANA. *(Saliendo de la casa.)*

¡Ninguno! ¡Es bello, tiene ingenio y le amo!

CYRANO. *(Sonriendo.)*

¿Tanto ingenio tiene Cristián?

ROSANA.

¡Más que vos mismo, querido primo!

CYRANO.

¡Lo concedo!

ROSANA.

No puede haber para mi gusto otro conversador tan fino y que diga cosas tan bonitas como él... A veces se distrae, sus musas le abandonan... ¡y repentinamente, dice cosas que arrebatan!

CYRANO. *(Incrédulo.)*

¡No!...

ROSANA.

¿Os parece demasiado? ¡Oh! ¡así sois todos los hombres! ¡Si es guapo, no puede tener ingenio!

CYRANO.

¿Sabe hablar del corazón de forma experta!

ROSANA.

Él no habla, caballero, ¡diserta!

CYRANO.

¿Escribe?

ROSANA.

¡Mucho mejor aún! ¡Escuchad un momento! *(Declamando:)*

«Cuanto más corazón me robas, tanto más tengo.»

(Triunfante.) ¿Eh?... ¿qué os parece?

CYRANO.

¡Bah!...

ROSANA.

Y esto:

> «Para sufrir, puesto que me falta otro,
> si vos guardáis mi corazón, enviadme el vuestro.»

CYRANO.

¡Tan pronto le sobra corazón como le falta!... ¿Qué es lo que quiere decir exactamente?

ROSANA. *(Golpeando con los pies.)*

¡Me estáis molestando!... ¡Estáis celoso!

CYRANO. *(Estremeciéndose.)*

¿Celoso yo?...

ROSANA.

¡Sí! ¡Celoso de que un autor os supere! Y esto, ¿no demuestra acaso una gran ternura?:

> «Hacia vos mi corazón va como un grito,
> y si los besos se enviaran por escrito,
> leeríais mi carta con los labios.»

CYRANO. *(Sonriendo de satisfacción a pesar suyo.)*

¡Ah!... ¡esos versos son... son... *(Refrenándose y con desdén.)* un poco afectados!

ROSANA.

Y este otro ¿qué os parece?...

CYRANO.

Pero ¿os sabéis todas sus cartas de memoria?

ROSANA.

¡Todas!

CYRANO. *(Rizándose el mostacho con los dedos.)*

¡No tengo entonces nada qué decir: es muy halagador!

ROSANA.

¡Es un maestro!

CYRANO. *(Modesto.)*

¡Oh!... ¡un maestro!...

ROSANA. *(Perentoria.)*

¡Un maestro!...

CYRANO. *(Saludando.)*

¡Sea! ¡Un maestro!

LA DUEÑA. *(Que había desaparecido, sale apresuradamente.)*

¡El señor De Guiche! *(A Cyrano, empujándole hacia la casa.)* Entrad. ¡Es mejor que nos encuentre aquí! ¡Podría ponerlo sobre la pista!

ROSANA. *(A Cyrano.)*

Sí, es mejor que no se entere de mi preciado secreto. Me ama, es poderoso y no tiene por qué conocerlo: ¡Podría dar un golpe mortal a mis amores!

CYRANO.

¡Bueno, bueno!, ¡entraré!

(Cyrano entra en la casa y por el fondo aparece De Guiche.)

ESCENA II

ROSANA, DE GUICHE, *y la dueña aparte.*

ROSANA *(Haciendo a De Guiche una gran reverencia.)*

¡Salía en este preciso instante!

DE GUICHE.

¡Y yo vengo a despedirme!

ROSANA.

¿Os marcháis?

DE GUICHE.

¡A la guerra!

ROSANA.

¡Ah!

DE GUICHE.

¡Esta misma noche!

ROSANA.

¡Ah!

DE GUICHE.

He recibido órdenes: Arrás está sitiada.

ROSANA.

¡Ah!... ¡conque está sitiada!

DE GUICHE.

¡Mi marcha parece dejaros fría!

ROSANA. *(Cortésmente.)*

¡Oh!

DE GUICHE.

¡Estoy nervioso! ¿Cuándo os volverá a ver? ¿cuándo?... ¿Sabéis que he sido nombrado Jefe de campo...

ROSANA. *(Indiferente.)*

¡Formidable!

DE GUICHE.

...del regimiento de cadetes?

ROSANA. *(Interesándose.)*

¿De los cadetes?

DE GUICHE.

Sí, donde sirve vuestro primo, el hombre más fanfarrón que en mi vida he visto. ¡Ahora sabré vengarme!

ROSANA. *(Sofocada.)*

¿Cómo?... ¿Los cadetes irán a Arrás?

De Guiche. *(Riendo.)*
   ¡Claro!... ¡es mi regimiento!

Rosana. *(Cayendo desfallecida en el banco. Aparte.)*
   ¡Cristián!

De Guiche.
   ¿Qué os sucede?

Rosana. *(Muy pálida.)*
   ¡Esta... marcha... me desespera! ¡Saber que una persona querida está en la guerra!

De Guiche. *(Sorprendido y encantado.)*
   Es la primera vez que me decís unas palabras tan dulces... ¡y precisamente el día de mi marcha!

Rosana. *(Cambiando de tono y abanicándose.)*
   Entonces... ¿queréis vengaros de mi primo?

De Guiche. *(Soriendo.)*
   ¡Ah!... ¿Era por él?

Rosana.
   ¡No! ¡Al contrario!

De Guiche.
   ¿Lo veis a menudo?

Rosana.
   Muy poco.

De Guiche.
   Se le suele ver con frecuencia con uno de esos cadetes... *(Buscando el nombre.)* un tal... Neu... villen... villet...

Rosana.
   ¿Uno muy alto?

De Guiche.
   Sí... ¡Rubio y muy guapo!

Rosana.
   ¡Bah!...

DE GUICHE.

¡Pero tonto!

ROSANA.

¡Eso parece! *(Cambiando de tono.)* Vuestra venganza contra Cyrano ¿consiste en exponerle en el combate? ¡Me parece mezquina! ¡Yo sé lo que le haría más daño!

DE GUICHE.

¿Qué?

ROSANA.

Dejarle en París con sus queridos cadetes, de brazos cruzados durante toda la guerra, mientras el regimiento parte para Arrás. Es la única manera de hacer rabiar a un hombre como él. ¿Queréis castigarle? ¡Privadle entonces del peligro!

DE GUICHE.

¡Una mujer!... ¡Una mujer!... ¡Nadie sino una mujer podía imaginar esa venganza!

ROSANA.

Se roerá el alma y sus amigos los puños por no estar en el combate.

DE GUICHE.

¿Me amáis siquiera un poco?... *(Ella sonríe.)* Me parece ver en esta forma de ayudarme en mi venganza una prueba de amor, Rosana.

ROSANA.

¡Lo es!

DE GUICHE. *(Enseñándole varios pliegos sellados.)*

Tengo en mi poder las órdenes que serán enviadas a cada compañía dentro de unos instantes, excepto... *(Saca un pliego.)* ésta, ¡la de los cadetes! *(La guarda en su bolsillo.)* Me quedaré yo con ella. *(Riendo.)* ¡Ah, Cyrano!... ¡ese bravucón!... ¡Buena venganza! ¿También vos sabéis jugar malas partidas a la gente?

Rosana. *(Mirándole.)*

¡A veces!

De Guiche. *(Más cerca de ella.)*

¡Me volvéis loco! Esta noche, escuchad bien, debo partir...
¡Pero marchar, cuando os siento enamorada!... Prestad atención:
cerca de aquí, en la calle de Orleáns, hay un convento fundado
por el síndico de los capuchinos, el padre Atanasio. Un laico no
puede entrar, pero ya me encargaré yo de los buenos curas... ¡Me
pueden esconder en su manga...! ¡es tan ancha!... Esos capuchinos son los que sirven en casa de Richelieu. Como temen al cardenal, intentarán ponerse a bien con el sobrino. Todo el mundo
creerá que he marchado con mi regimiento... Vendré enmascara-
do... ¡Permitidme que retrase un día mi partida!

Rosana. *(Vivamente.)*

Pero si esto llega a divulgarse vuestra gloria...

De Guiche.

¡Bah!

Rosana.

¿Y el asedio?... ¿Y Arrás?...

De Guiche. ¡Tanto peor! ¿Me permitís entonces...?

Rosana.

¡No!

De Guiche.

¡Dejadme!

Rosana. *(Tiernamente.)*

¡Debo defenderos!

De Guiche.

¡Ah!

Rosana.

¡Partid y cumplid las órdenes recibidas! *(Aparte.)* ¡Cristián
se queda! *(En voz alta.)* ¡Os quiero héroe, Antonio!

De Guiche.

¡Divina palabra! ¿Y amáis...?

Rosana.

¡A aquél por quien acabo de temblar!

De Guiche. *(Transportado de alegría.)*

Parto al instante. ¿Estáis contenta?

Rosana.

Sí, amigo mígo. *(Sale tras besar la mano de Rosana.)*

La dueña. *(Haciendo a su espalda una reverencia cómica.)*

Sí, amigo mío.

Rosana. *(A la dueña.)*

No digáis nada de lo que acabo de hacer a Cyrano: ¡no le gustará perderse una guerra! *(Llama en dirección a la casa.)* ¡Primo...!

(Cyrano sale.)

ESCENA III

Rosana, *la dueña y* Cyrano.

Rosana.

Nos vamos a casa de Clomira. *(Señala la puerta de enfrente.)* Hoy tienen que hablar Alcandra y Lysimon.

La dueña. *(Colocando su dedo meñique en el oído.)*

Sí, pero mi dedo meñique me dice que faltará auditorio.

Cyrano. *(A Rosana.)*

¡Nunca faltan monos!

(Han llegado ya ante la puerta de Clomira.)

La dueña. *(Con arrebato.)*

¡Mirad!... ¡La aldaba está envuelta en tela! *(Dirigiéndose a la aldaba.)* ¿Os han amordazado para que vuestro metal no turbe los bellos discursos, pequeño bruto?

(Levanta el aldabón con mucho cuidado y golpea suavemente.)

ROSANA. *(Al ver que la puerta se abre.)*

¡Entremos! *(A Cyrano.)* Si Cristián viene, como espero, decidle que me aguarde.

CYRANO. *(Vivamente, cuando ella va a desaparecer.)*

¡Rosana! *(Ella se vuelve.)* Siguiendo vuestra costumbre. ¿sobre qué le haréis hoy las preguntas?

ROSANA.

Sobre...

CYRANO.

¿Sobre...?

ROSANA.

No le diréis nada, ¿verdad?

CYRANO.

¡Nada en absoluto!

ROSANA.

¡Bajo ningún pretexto! Le diré: venga, hablad sin rienda que os ate; improvisad sobre el amor. ¡Sed espléndido!

CYRANO. *(Sonriendo.)*

¡Bien!

ROSANA.

¡Silencio!

CYRANO.

De acuerdo.

ROSANA.

¡Ni una palabra!

(Rosana entra y cierra la puerta.)

CYRANO. *(Saludándola una vez que ha desaparecido.)*

¡Muchas gracias!

(La puerta se abre y Rosana asoma la cabeza.)

ROSANA .
    ¡Se prepararía! ...

CYRANO.
    ¡Descuidad!, ¡ni una palabra! ...

LOS DOS JUNTOS.
    ¡Chiss!

    (La puerta se cierra.)

CYRANO. (*Llamando.*)
    ¡Cristián!

ESCENA IV

CYRANO y CRISTIÁN.

CYRANO.
    ¡Ya sé todo lo necesario! Prepárate para aprender lo que te
diga. Ésta es una ocasión para cubrirse de gloria. No perda-
mos el tiempo y no pongas esa cara de gruñón. ¡Deprisa!, vol-
vamos a tu casa. Allí te lo diré.

CRISTIÁN.
    ¡No!

CYRANO.
    Pero. ..

CRISTIÁN.
    ¡No! ¡Esperaré a Rosana aquí!

CYRANO.
    Pero... ¿qué te sucede...? ¡Vamos deprisa a...!

CRISTIÁN.
    ¡Te he dicho que no! ¡Estoy cansado de tomar prestadas mis
cartas, mis discursos, de desempeñar este papel y de temblar

siempre. Al principio me servía, pero ahora que siento que me ama... ¡gracias!, ya no tengo miedo. ¡Hablaré por mí mismo!

CYRANO.

Pero... ¿te has vuelto loco?

CRISTIÁN.

¿Quién te dice que no sabré? ¡No soy tan tonto al fin y al cabo! ¡Ya lo verás! Tus lecciones, amigo mío, han resultado provechosas; sabré hablar solo y, te lo juro, ¡sabré cogerla solo entre mis brazos! *(Viendo a Rosana que sale de casa de Clomira.)* ¡Es ella!... Cyrano, ¡no me dejes!

CYRANO. *(Saludándole.)*
¡Hablad!... ¡hablad solo ahora!

(Desaparece tras el muro del jardín.)

ESCENA V

CRISTIÁN, ROSANA, *algunas damas y caballeros y la dueña, un instante.*

ROSANA. *(Saliendo de casa de Clomira acompañada por personas de las que se despide; reverencias y saludos.)*
¡Bartenoidea!... ¡Alcandra!... ¡Gremiona!...

LA DUEÑA. *(Desesperada.)*
¡Nos hemos quedado sin el discurso sobre «le Tendre».
(Entra en casa de Rosana.)

ROSANA. *(Saludando todavía.)*
¡Adiós, Urimedonte! *(Todas saludan a Rosana, vuelveu a saludarse unas a otras, se separan y, por fin, se alejan por diferentes callejuelas. Rosana ve a Cristián.)* ¡Ah!... ¿sois vos?... (Se dirige hacia él.)* La noche cae... Esperad. Ya están

lejos. El aire es dulce, no pasa nadie. Sentémonos y habladme. Os escucho.

CRISTINA. *(Sentándose junto a ella en el banco, y tras una
   pausa.)*
   ¡Os amo!

ROSANA. *(Cerrando los ojos.)*
   Sí, eso. ¡Habladme de amor!

CRISTIÁN.
   ¡Te amo!

ROSANA.
   Ese es el tema, pero, ¡bordadlo!

CRISTIÁN.
   ¡Os...!

ROSANA.
   ¡Bordadlo!

CRISTIÁN.
   ¡Te amo tanto!

ROSANA.
   Desde luego, pero... ¿qué más?

CRISTIÁN.
   ¿Qué más? ¡Me gustaría tanto que vos me amaseis!
   Rosana, ¡dime que me quieres!

ROSANA. *(Con una mueca.)*
   ¡Me ofrecéis un caldo claro cuando esperaba cremas!
   ¡Decidme cómo me amáis!

CRISTIÁN.
   Pues... ¡mucho!

ROSANA.
   ¡Oh! ¡Describid vuestros sentimientos!

CRISTIÁN. *(Que se ha acercado y devora con los ojos la nuca rubia de Rosana.)* Tu cuelio... ¡me gustaría besar tu cuello!

ROSANA.
¡Cristián!

CRISTIÁN.
¡Te quiero!

ROSANA. *(Intentando levantarse.)*
¡Todavía estamos así!

CRISTIÁN. *(Reteniéndola vivamente.)*
¡No! ¡no te quiero!

ROSANA. *(Volviéndose a sentar.)*
¿Estáis seguro?

CRISTIÁN.
¡Te adoro!

ROSANA. *(Levantándose y alejándose.)*
¡Oh!

CRISTIÁN.
Sí, ; me vuelvo loco!

ROSANA. *(Con sequedad.)*
Esto me disgusta. Me disgusta tanto como si os volvieseis feo.

CRISTIÁN.
Pero...

ROSANA.
¡Id a capturar vuestra elocuencia que ha huido!

CRISTIÁN.
Yo...

ROSANA.
Vos me amáis, ya lo sé. ¡Adiós!

(Va hacia la casa.)

CRISTIÁN
¡Un momento! Quisiera deciros...

ROSANA. *(Empujando la puerta para entrar.)*
¿Qué me adoráis?... ¡Ya lo sé! ¡Idos! ¡Idos!

CRISTIÁN.
Pero yo...

(Rosana cierra la puerta, dándole con ella en las narices.)

CYRANO. *(Que ha vuelto hace un momento sin ser visto.)*
¡Os felicito caballero, por el éxito!

ESCENA VI

CRISTIÁN, CYRANO, *y los pajes un instante.*

CRISTIÁN.
¡Ayudadme!

CYRANO.
¡De ninguna manera!

CRISTIÁN.
Moriré si no consigo recuperar sus favores al momento.

CYRANO.
¿Y qué puedo hacer yo? ¿Queréis que en un momento os lo enseñe?

CRISTIÁN. *(Cogiéndole por el brazo.)*
¡Mira allá!
(La ventana del balcón se ha iluminado.)

CYRANO. *(Con emoción.)*
¡Su ventana!

CRISTIÁN. *(Gritando.)*
¡Me moriré!

CYRANO.
¡Baja la voz!

CRISTIÁN. *(Más bajo.)*
¡Voy a morir!

CYRANO.
La noche es muy oscura.

CRISTIÁN.
¿Y...?

CYRANO.
Podemos arreglarlo. No lo mereces, pero... ¡Ponte ahí, miserable! ¡Ahí, delante del balcón! Yo me pondré debajo y te iré diciendo lo que tienes que hacer.

CRISTIÁN.
Pero...

CYRANO.
¡Cállate!

LOS PAJES. *(Reapareciendo por el fondo, a Cyrano.)*
¡Eh!

CYRANO.
¡Chiss!

(Les hace señas para que hablen más bajo.)

PRIMER PAJE. *(A media voz.)*
Venimos de dar la serenata a Montfleury.

CYRANO. *(En voz baja y deprisa.)*
¡Id a esconderos cada uno en una esquina de la calle! Si algún paseante se acerca por aquí, tocad algo.

SEGUNDO PAJE.
Y ¿qué queréis que toquemos, señor gassendista?

CYRANO.
Si es una mujer, algo alegre; si es un hombre, triste. *(Los pajes desaparecen, uno por cada esquina de la calle.)*
¡Llámala!

CRISTIÁN.
  ¡Rosana!

CYRANO. *(Recogiendo algunas piedrecillas que arroja a las ventanas.)*
  ¡Espera! ¡Con estas piedrecillas!...

ESCENA VII

ROSANA, CRISTIÁN y CYRANO, *que al principio está escondido.*

ROSANA. *(Entreabriendo la ventana.)*
  ¿Quién me llama?

CRISTIÁN.
  ¡Yo!

ROSANA.
  ¿Quién es «yo»

CRISTIÁN.
  Cristián.

ROSANA. *(Con desdén.)*
  ¡Ah!... ¿sois vos?

CRISTIÁN.
  Quisiera hablaros.

CYRANO. *(Debajo del balcón, a Cristián.)*
  ¡Bien, bien! ¡Casi en voz baja!

ROSANA.
  ¡No! Habláis demasiado mal. ¡Idos!

CRISTIÁN.
  ¡Por favor, señora!

ROSANA.
  ¡No! ¡No me amáis!

CRISTIÁN. *(Al que Cyrano va dictando las palabras.)*

¡Santo cielo!... ¡Acusarme de no amarla, cuando más la amo!

ROSANA. *(Que iba a cerrar su ventana, deteniéndose.)*

¡Vaya! ¡Esto está mejor!

CRISTIÁN. *(Que repite lo que Cyrano le dice.)*

El amor crece mecido... por mi alma... inquieta, a la que este... cruel diosecillo, ha tomado... por cuna.

ROSANA. *(Avanzando en el balcón.)*

Esto está mejor. ¿Y por qué, si es cruel, fuisteis tan tonto que no ahogasteis ese amor en la cuna?

CRISTIÁN.

¡Lo intenté... pero todo fue en vano... Ese recién nacido... señora, es un pequeño... Hércules...

ROSANA.

¡Ya está mejor!

CRISTIÁN.

...de tal suerte que estrangula fácilmente las dos serpientes: el Orgullo... y la Duda.

ROSANA. *(Acodándose en la balaustrada del balcón.)*

¡Ah! ¡eso esta muy bien! Pero ¿.por que habláis de una forma tan poco segura? ¿Acaso vuestra imaginación sufre de gota?

CYRANO. *(Empujando a Cristián bajo el balcón y colocándose en su sitio.)*

¡Chiss, cállate! ¡Se está poniendo muy difícil!

ROSANA.

Esta noche vuestras palabras tiemblan... ¿por qué?

CYRANO *(Hablando a media voz, como Cristián.)*

Es... que como está muy oscuro, buscan a tientas en la sombra. vuestro oído.

ROSANA.

Las mías no tienen semejante dificultad.

CYRANO

¿Lo encuentran en seguida?... ¡Oh, claro! Porque es mi corazón el que las recibe, y mi corazón es muy grande en tanto que vuestro oído es pequeño. Además, vuestras palabras descienden y bajan deprisa; las mías, en cambio, suben, señora, y necesitan más tiempo.

ROSANA.

¡Pero suben mejor desde hace unos instantes!

CYRANO

¡Practicando se adquiere la costumbre!

ROSANA.

¡La verdad es que os hablo desde gran altura!

CYRANO

Desde luego. ¡Y si dejaseis caer desde ahí una palabra dura sobre mi corazón, me mataríais!

ROSANA. *(Con un movimiento.)*

¡Ahora mismo bajo!

CYRANO. *(Vivamente.)*

¡No!

ROSANA. *(Señalándole el banco situado bajo el balcón.)*

¡Subíos a ese banco, deprisa!

CYRANO. *(Retrocediendo con espanto en la oscuridad.)*

¡No!

ROSANA.

¿Por qué no?

CYRANO. *(Más emocionado cada vez.)*

Dejad que aproveche... esta ocasión que se presenta para hablar dulcemente sin vernos.

ROSANA.

¿Sin vernos?

CYRANO.

Sí, es delicioso. Apenas si adivino vuestro rostro. Vos veis únicamente la negrura de un largo manto que cae y yo vislumbro apenas la blancura de un vestido de verano: yo no soy más que una sombra; vos, una claridad. ¿Ignoráis lo que para mí representan estos minutos? Si alguna vez fui elocuente. ..

ROSANA.

¡Lo fuisteis!

CYRANO.

¡Nunca hasta ahora salió mi lenguaje de mi verdadero corazón!

ROSANA.

¿Por qué?

CYRANO.

Porque hasta ahora siempre os hablé a través de...

ROSANA.

¿De qué?

CYRANO.

A través del vértigo que infunden vuestros ojos. Pero esta noche... ¡esta noche me parece que será la primera en que voy a hablaros!

ROSANA.

¡Es verdad que tenéis otra voz!

CYRANO. *(Acercándose con fiebre.)*

Sí. Es otra porque, envuelto en la noche que me protege, me atrevo al fin a ser yo mismo... me atrevo... *(Se detiene perdido.)* ¿Qué os decía?... ¡No sé... todo esto... perdonad mi emoción.. es tan delicioso... y, sobre todo, tan nuevo para mí!

ROSANA.

¿Tan nuevo?

CYRANO. *(Exaltado y tratando siempre de recoger sus palabras.)*

¡Tan nuevo, sí, tan nuevo ser sincero!... El temor a que os burlaseis me oprimió siempre el corazón.

ROSANA.

¿Que me burlase?... ¿De qué?

CYRANO.

Pues de... de algún arranque... Sí, mi corazón se viste siempre de mi ingenio por pudor... Me lanzo a descolgar estrellas y me detengo, por temor al ridículo, a recoger alguna florecilla.

ROSANA.

También las florecillas tienen su parte buena.

CYRANO.

Sí, pero esta noche, desdeñémoslas.

ROSANA.

Nunca me habíais hablado así.

CYRANO.

¡Ah! ¡Si lejos de las aljabas, los arcos y las flechas, huyésemos hacia cosas más verdaderas!... ¡Si en lugar de beber el agua sucia, gota a gota. en un pequeño dedal de oro, intentásemos ver cómo el alma se alimenta bebiendo en las puras fuentes del amor! ...

ROSANA.

Pero... ¿y el ingenio?

CYRANO.

Sirvió para reteneros a mi lado. Pero tratar de hablar ahora como una carta de amor, sería insultar esta noche, este perfume, esta hora y a la naturaleza... Dejemos que el cielo, con una mirada de sus astros, nos despoje de todo lo artificial. ¡Temo que la sinceridad de los sentimientos desaparezca entre tanta palabra exquisita, que el alma no se pierda en pasatiempos ridículos y que el «fin del fin» no se convierta en el «fin de vanos fines»!

ROSANA.

Pero... ¿y el ingenio?

CYRANO.

Tratándose de amor, lo detesto. Cuando se ama, es un crimen prolongar ese juego. Además, inevitablemente llega un momento —compadezco a aquellos para los que nunca llega—, en que nos sentimos unidos por un amor noble, que se vuelve triste a cada palabra bonita que decimos.

ROSANA.

¡Y bien!. . Si ese momento hubiese llegado para nosotros dos ¿qué me diríais?

CYRANO.

Todas, todas aquellas palabras que se me ocurran, os las ofreceré sin ponerlas ni aderezarlas en un ramillete: os amo; me ahogo, enloquezco, no puedo más, es demasiado... ¡Tu nombre es para mi corazón como un cascabel... y como siempre ante ti estoy temblando, el cascabel se agita y tu nombre suena. ¡Tanto te he amado que me acuerdo de todo... Sé que el año pasado, un día, el doce de mayo, te cambiaste el peinado para salir por la mañana... Cuando se fija demasiado rato la vista en el sol, se ven encima de las cosas cercos encarnados... Del mismo módo, cuando aparto la vista del fuego encendido de tu cabellera, mis ojos, deslumbrados, ven por todas partes manchas rojizas...

ROSANA. (Con voz trémula.)

Sí, ¡esto es amor!

CYRANO.

Decís bien. Este sentimiento, terrible y celoso que me invade, es verdadero amor... Tiene todo el furor triste del amor y sin embargo, no es egoísta ¡Ah! por tu felicidad yo daría la mía, aunque tú nunca llegaras a enterarte de nada. ¡Si alguna vez pudiera, aunque de lejos, oír la risa de la felicidad nacida de mi sacrificio!... ¡Cada mirada tuya suscita en mí una virtud nueva!... ¡me da más valor! ¿Te das cuenta? ¿Entiendes ahora lo que me pasa? ¿Sientes en esta sombra, subir hasta ti mi alma? En verdad, esta noche es demasiado bella, demasiado dulce... Yo os digo todo esto y vos. . . ¡vos me escucháis! ¡Es demasiado! ¡Incluso mi esperanza más atrevida, nunca osó esperar tanto! Ahora sólo me resta morir. ¡Es por mis palabras por lo que ella tiembla entre las hojas como una hoja más! ¡Pues tiemblas!... porque, lo quieras o no, he sentido bajar, a lo largo de las ramas de jazmín, el temblor adorado de tu mano

(Besa enamoradamente la punta de una rama que cuelga.)

ROSANA.

¡Sí! ¡Tiemblo y lloro, y te amo, y soy tuya!... ¡Tú me has enloquecido, me has embriagado!...

CYRANO.

Entonces... ¡que venga la muerte! Esta borrachera... ¡yo he sido quien ha sabido provocar esta embriaguez! Ya no pido más que una cosa...

CRISTIÁN. *(De bajo del balcón.)*

¡Un beso!

ROSANA. *(Echándose hacia atrás.)*

¿Qué?

CYRANO.

¡Oh!

ROSANA.

¿Qué ... qué habéis pedido?

CYRANO.

Yo... yo... *(a Cristián.)* ¡Vas demasiado aprisa!

CRISTIÁN.

¡Ahora que está turbada puedo aprovecharme!

CYRANO. *(A Rosana.)*

Si, yo... yo he pedido... es verdad ¡santo Cielo!...
Comprendo que fui demasiado audaz.

ROSANA *(Un poco decepcionada.)*

¿O sea que ya no lo queréis?

CYRANO.

Sí... Lo quiero... ¡sin quererlo! Si vuestro pudor se contur-
ba, no recordéis más ese beso.

CRISTIÁN. *(A Cyrano. tirándole de la capa.)*

¿Por qué?

CYRANO.

¡Cállate. Cristián!

ROSANA. *(Inclinándose hacia adelante.)*

¿Qué deciais en voz baja?

CYRANO.

Me reñía a mí mismo por haber ido demasiado lejos y me
decia: «¡Cállate, Cristián!» *(Los laudistas comienzan a
tocar.)* ¡Un momento! ... Alguien viene. *(Rosana cierra la
ventana. Cyrano escucha a los laudistas que tocan uno un
aire alegre, y el otro uno triste.)* ¿Uno alegre?... ¿Uno triste?... ¿Qué quiere decir?... ¿Es un hombre o una mujer?...
¡Ah..., un capuchino!

*(Entra a un capuchino que va de casa en casa con una lin-
terna en la mano, mirando las puertas.)*

ESCENA VIII

CYRANO, CRISTIÁN *y un capuchino.*

CYRANO. *(AI capuchino.)*

¿Es esto el juego de Diógenes renovado?

EL CAPUCHINO.

Busco la casa de la señora...

CRISTIÁN.

¡Nos estorba!

EL CAPUCHINO.

Magdalena Robin.

CRISTIÁN

¿Qué quiere?

CYRANO (*Señalándole una callejuela que sube.*)

¿La casa de Magdalena Robin? ¡Por allí, todo seguido, siempre derecho!

EL CAPUCHINO.

Rezaré un rosario por vos. (*El capuchino sale.*)

CYRANO.

¡Vaya broma! Mis mejores votos van en pos de vuestra cogulla! (*Se dirige hacia Cristián.*)

ESCENA IX

CYRANO y CRISTIÁN.

CRISTIÁN.

¡Obténme ese beso!

CYRANO.

¡No!

CRISTIÁN.

¡Más pronto o más tarde...!

CYRANO.

Tienes razón. Al fin, llegará ese momento de embriaguez en el que vuestras bocas se lanzarán la una contra la otra a causa de tu mostacho rubio y de su labio sonrosado. *(A sí mismo.)* Preferiría que fuese a causa de...

(Ruido de postigos que se abren; Cristián se oculta bajo el balcón.)

ESCENA X

CYRANO, CRISTIÁN y ROSANA.

ROSANA. *(Adelantándose en el balcón.)*
   ¿Sois vos? Me hablabais de... de... un...
CYRANO.
   ¡De un beso! La palabra es dulce y no veo por qué vuestro labio no se atreve... ¡Si decirla quema, qué no será vivirla! No os asustéis. Hace un momento, casi insensiblemente habéis abandonado el juego y pasado, sin lágrimas, de la sonrisa al suspiro, del suspiro a las lágrimas. Deslizaos de igual manera un poco más: ¡de las lágrimas al beso no hay más que un estremecimiento!
ROSANA.
   ¡Callaos!
CYRANO.
   ¿Qué es un beso, al fin y al cabo, sino un juramento hecho poco más cerca, una promesa más precisa, una confesión que necesita confirmarse, la culminación del amor, un secreto que tiene la boca por oído, un instante infinito que provoca un zumbido de abeja, una comunión con gusto a flor, una forma de respirar por un momento el corazón del otro y de gustar, por medio de los labios, el alma del amado?
ROSANA.
   ¡Callaos!

CYRANO.

Señora, un beso es tan noble, que incluso la misma reina de Francia, le ha permitido tomar uno al más feliz de los lores ingleses.

ROSANA.

Siendo así...

CYRANO. *(Exaltado.)*

¡Cual otro Buckingham que sufre en silencio, adoro en vos la reina que sois! Como él, estoy triste...

ROSANA.

¡Y como él, sois hermoso!

CYRANO. *(A parte, con desengaño.)*

¡Es verdad, hermoso!... ¡Ya no me acordaba!

ROSANA.

¡Subid a recoger esta flor sin igual!

CYRANO. *(Empujando a Cristián hacia el balcón.)*

¡Sube!

ROSANA.

¡Ese gusto del corazón!...

CYRANO.

¡Sube!

ROSANA.

¡Ese zumbido de abeja!...

CYRANO.

¡Sube!

CRISTIÁN. *(Dudando.)*

Es que... ¡me parece que esto está mal!

ROSANA.

¡Este instante infinito!...

CYRANO. *(Empujándole.)*

¡Sube ya, animal!

(Cristián se decide y por el banco, las ramas y los pilares, alcanza la balaustrada y se sienta en ella.)

CRISTIÁN.

¡Rosana!

(Lo abraza y se inclina sobre sus labios.)

CYRANO.

¡Ay!... ¡Qué punzada en el corazón! ¡Beso, festín de amor en el que a mí me toca el papel de Lázaro! ... De esa sombra me llega una de tus migajas. Sí, siento que mi corazón recibe algo, porque en esos labios a los que Rosana se entrega, está besando las palabras que yo he dicho hace un instante. *(Se oyen de nuevo los laúdes.)* ¿Un aire triste?. ¿Otro alegre?... ¡Ya!... ¡el capuchino! *(Finge venir corriendo como si llegase de lejos y grita en voz alta.)* ¡Hola!

ROSANA.

¿Qué pasa?

CYRANO.

¡Soy yo! Pasaba casualmente por aquí... ¿Está ahí Cristián?

CRISTIÁN. *(Muy asombrado.)*

¡Cyrano!

ROSANA.

¡Hola, primo!

CYRANO.

¡Hola, Rosana!

ROSANA.

¡Ahora mismo bajo!

(Desaparece dentro de la casa. El capuchino vuelve a entrar por el fondo.)

CRISTIÁN. *(Al verle.)*

Pero... ¿todavía?... *(Va tras Rosana.)*

ESCENA XI

CYRANO, CRISTIÁN, ROSANA, *el capuchino,* RAGUENEAU.

EL CAPUCHINO.
¡Esta es la casa, no hay duda! ¡Magdalena Robin!

CYRANO.
Vos me dijisteis «Rolin».

EL CAPUCHINO.
¡No, bin!... B, i, n; ¡bin!

ROSANA. *(Apareciendo en el umbral de la casa seguida por Ragueneau, que trae una linterna, y Cristián.)*
¿Qué pasa?

EL CAPUCHINO.
¡Una carta!

CRISTIÁN.
¿Qué?

EL CAPUCHINO.
Seguro que se trata de algún asunto sagrado. Un señor muy importante...

ROSANA. *(A Cristián.)*
¡Es de De Guiche!

CRISTIÁN.
¿Cómo se atreve?

ROSANA.
Espero que alguna vez deje de molestarme. *(Rasgando el sobre.)* Yo te quiero y si... *(A la luz de la linterna de Ragueneau lee aparte y en voz baja):*
«Señorita,
los tambores baten y mi regimiento se pone las armaduras para comenzar la marcha. A mí me creen en camino... pero os desobedezco y me quedo en este convento. ¡Pronto iré a bus-

caros! Os lo anuncio por medio de un religioso más tonto que una cabra que no se enterará de nada. Vuestros labios me han sonreído demasiado y no puedo marcharme sin volver a veros. Espero que me perdonéis esta audacia. Firma, vuestro muy... etc...»

ROSANA. *(Al Capuchino.)*

Padre mío, ved lo que dice esta carta. Escuchad todos.

(Todos se acercan.)

«Señorita:

Es preciso cumplir la voluntad del cardenal por dura que os parezca. Por esta razón, he escogido a un santo, inteligente y discreto capuchino para poner en vuestras encantadoras manos estas líneas. Deseamos que él os dé la bendición nupcial inmediatamente *(Vuelve la página.)* en vuestra misma casa: Cristián ha de convertirse, en secreto, en vuestro esposo. Os lo envío. Ya sé que os desagrada: resignaos. Pensad que el Cielo bendecirá vuestro amor y que, desde luego, tendréis siempre asegurado el respeto de vuestro más humilde, etcétera...»

EL CAPUCHINO.

¡Honrado caballero! ¡Ya lo decía yo!... ¡Estaba seguro!... Sólo podía tratarse de algo sagrado.

ROSANA. *(En voz baja, a Cristián.)*

¿Verdad que leo muy bien las cartas?

CRISTIÁN.

¡Hum...!

ROSANA. *(En voz alta y con desesperación.)*

¡Ay!... ¡qué horror!

EL CAPUCHINO. *(Que ha enfocado con la linterna a Cyrano.)*

¿Sois vos?

CRISTIÁN.

No. ¡Soy yo!

EL CAPUCHINO. *(Dirigiendo la linterna hacia él, y como si tuviese alguna duda al ver su belleza.)*
Pero...

ROSANA.
«Post scriptum: Dad al convento veinte doblas.»

EL CAPUCHINO.
¡Un señor muy respetable!... *(A Rosana.)* ¡Resignaos, hija mía!

ROSANA. *(Sacrificándose.)*
¡Me resigno! *(Mientras Ragueneau abre la puerta al capuchino al que Cristián invita a pasar, Rosana dice en voz baja a Cyrano.)* De Guiche vendrá ahora... ¡procurad entretenerle mientras!

CYRANO.
¡Comprendido! *(Al capuchino.)* ¿Cuánto tiempo tardaréis en bendecirles!

EL CAPUCHINO.
Un cuarto de hora.

CYRANO. *(Empujándoles hacia la casa.)* Idos. Yo me quedo.

ROSANA. *(A Cristián.)*
¡Vamos!

(Entran en la casa.)

ESCENA XII

CYRANO, *solo.*

CYRANO.
¿Cómo conseguir que De Guiche pierda un cuarto de hora?... *(Salta rápidamente al banco y sube al muro en dirección al balcón.)* ¡Allí!... ¡A subir!... Ya tengo el plan trazado.

(Los músicos comienzan a tocar un canto lúgubre.) ¡Oh!...
¡un hombre! *(La canción se vuelve siniestra.)* ¡Hum!... No
hay duda, esta vez es hombre. *(Se encuentra ya sobre el balcón; se cala el sombrero hasta los ojos, deja su espada y se
envuelve con la capa. Después se inclina y mira hacia afuera.)* ¡No es suficientemente alto!... *(Se sienta sobre la balaustrada y atrayendo hacia sí una larga rama de uno de los
árboles que sobrepasan el muro del jardín, se agarra a ella
con las dos manos, preparando para dejarse caer.)* ¡Voy a
turbar un poco la atmósfera!

ESCENA XIII

CYRANO Y DE GUICHE.

DE GUICHE. *(Que entra en escena con máscara y tanteando
en la oscuridad.)*
¿Qué estará haciendo ese maldito capuchino?

CYRANO.
¡Diablos!... ¿Y mi voz?... Si la reconoce... *(Se suelta de
una mano y con ella finge dar vueltas a una llave invisible.)*
¡Cric... crac! *(Con solemnidad.)* ¡Cyrano, recupera el acento
de los Bergerac!

DE GUICHE. *(Mirando la casa.)*
Sí, esa es. ¡Qué mal veo!... Está máscara me molesta. *(Se
dirige a la entrada Cyrano salta desde el balcón, ayudado
por la rama que se cimbrea y le deposita exactamente entre
la puerta y De Guiche; finge caer pesadamente como si lo
hubiese hecho desde muy alto y se echa al suelo donde permanece inmóvil y como aturdido. De Guiche salta hacia
atrás.)* ¡Eh!... ¿qué es esto? *(Cuando alza los ojos, la rama
se ha enderezado ya y el conde no puede ver más que el azul*

del cielo sin comprender nada.) ¿De dónde ha caído este hombre?

CYRANO. *(Incorporándose y con acento gascón.)*
   ¡De la Luna!

DE GUICHE.
   De la... ¿qué?

CYRANO. *(Con voz de sueño.)*
   ¿Qué hora es?

DE GUICHE.
   ¿Estará loco?

CYRANO.
   ¿Qué hora es?... ¿En qué país estoy... en qué día... en qué estación?

DE GUICHE.
   Pero...

CYRANO.
   ¡Estoy aturdido!

DE GUICHE.
   ¡Caballero!

CYRANO.
   ¡He caído de la Luna!

DE GUICHE. *(Impacientándose.)*
   ¡Ya está bien!

CYRANO. *(Levantándose y dando una gran voz.)*
   ¡He caído de la Luna!

DE GUICHE. *(Retrocediendo.)*
   De acuerdo... de acuerdo... ¡Habéis caído... de la Luna!... ¡Este tío puede ser un loco!

CYRANO. *(Dirigiéndose hacia él.)*
   ¡Y no he caído metafóricamente!

DE GUICHE.

Pero si...

CYRANO.

¡Hece cien años, o quizás un minuto —ignoro completamente lo que duró mi caída—, yo me encontraba en aquella esfera color de azafrán!

DE GUICHE. *(Encogiéndose de hombros.)*

¡Lo que queráis!... ¡Dejadme pasar!

CYRANO. *(Interponiéndose.)*

¿Dónde estoy? ¡Sed franco!... ¡No me ocultéis nada! ¿En qué sitio, en qué lugar a cabo de caer como un aerolito?

DE GUICHE.

¡Diablos!

CYRANO.

Con la velocidad de la caída no pude escoger el punto de llegada e ignoro dónde me encuentro. ¿Fue en la Luna o en la Tierra donde hace un momento di con mis posaderas?

DE GUICHE.

Os repito caballero...

CYRANO. *(Con un grito de terror que hace retroceder a De Guiche.)*

¡Ah, Dios mío!... ¡En este país tienen la cara negra!

DE GUICHE. *Llevándose la mano al rostro.)*

¿Cómo?

CYRANO. *(Con un miedo enfático.)*

¿Me hallo por ventura en Argelia? ¿Sois vos un indígena?

DE GUICHE. *(Que se ha dado cuenta de que lleva la máscara.)*

¡La máscara!

CYRANO. *(Fingiendo tranquilizarse un poco cuando De Guiche se la quita.)*

¡Ah!... ¡Entonces es que estoy en Venecia!

140

DE GUICHE. *(Queriendo pasar.)*
   ¡Una dama me espera!

CYRANO. *(Completamente tranquilizado.)*
   Desde luego, estoy en París, ¿no es eso?

DE GUICHE. *(Sonriendo a su pesar.)*
   ¡El caso es bastante extraño!

CYRANO.
   ¡Ah!... ¿Os reís?

DE GUICHE.
   Me río, ¡pero quiero pasar!

CYRANO. *(Alegre.)*
   ¡He vuelto a caer en París! *(Demuestra su satisfacción riendo, saltando y saludando.)* Perdonadme, pero como consecuencia de la última caída estoy un poco cubierto de éter. ¡He viajado mucho y por eso tengo los ojos llenos de polvo de astros. ¡En mis espuelas podéis ver todavía algunos pelos de planeta! *(Recogiendo algo de su manto.)* Mirad, sobre mi jubón había una vedija de cometa. *(Sopla como para hacerla volar.)*

DE GUICHE. *(Fuera de sí.)*
   ¡Caballero!

CYRANO. *(En el momento en que va a pasar estira su pierna como para mostrarle alguna cosa y le detiene.)*
   En mi pantorrilla traigo clavado un diente de la Osa Mayor... y como al huir del Tridente quise evitar una de sus tres orquillas, caí sentado sobre Libra, que en estos momentos marca mi peso en sus balanzas. *(Impidiendo con presteza que De Guiche pase y cogiéndole por uno de los botones del jubón.)* ¡Si vos, caballero, oprimieseis con vuestros dedos mi nariz, saldría leche!

DE GUICHE.
   ¿Leche?

CYRANO.

Sí, ¡leche de la Vía Láctea!

DE GUICHE.

¡Bah!, ¡idos al infierno!

CYRANO.

Es el Cielo quien me envía. *(Cruzándose de brazos.)* ¿Podríais creer que al caerme he visto a Sirio ponerse por la noche un turbante? *(Confidencial.)* ¡La Osa Menor es demasiado pequeña para que pueda morder! *(Riendo.)* ¡Al atravesar la Lira, rompí una de sus cuerdas! *(Soberbio.)* Contaré todo mi viaje en un libro y, como las estrellas de oro que brillan en mi capa y que conseguí tras innumerables peligros y aventuras, haré los asteriscos, cuando el libro se imprima!

DE GUICHE.

Pero yo quiero...

CYRANO.

¡Ya sé por dónde vais!

DE GUICHE.

¡Caballero!

CYRANO.

¡Quisiérais saber por mi boca cómo está hecha la Luna y si hay algún habitante en la redondez de su curvatura!

DE GUICHE. *(Gritando.)*

¡No! Lo que quiero...!

CYRANO.

¿Saber cómo he subido? ¡Lo conseguí por medio de mis inventos!

DE GUICHE. *(Decepcionado.)*

¡Está loco!

CYRANO. *(Desdeñoso.)*

¡No penséis que lo logré copiando a Regiomontano su águila, ni tampoco a Arquitas su tímida paloma!

DE GUICHE.

Es un loco... ¡pero un loco sabio!

CYRANO.

¡No!... ¡no imité nada de lo hasta ahora hecho! *(De Guiche, decidido a pasar, camina hacia la puerta de Rosana. Cyrano le sigue dispuesto a sujetarle.)* ¡Inventé seis sistemas para violar el cielo virgen!

DE GUICHE. *(Volviéndose.)*

¿Seis?

CYRANO. *(Con volubilidad.)*

Sí. ¡Quedándome desnudo y cubriendo luego mi cuerpo con frascos de cristal llenos de las lágrimas que por las mañanas vierte el cielo, después de tenderme al sol, el astro hubiera podido absorberme, al absorber el rocío!

DE GUICHE. *(Sorprendido y adelantando un paso hacia Cyrano.)*

¡Vaya!... ¡No está mal! ¡Uno!

CYRANO. *(Retrocediendo para arrastrarle al otro lado.)*

Podía, también, haber hecho lo siguiente para tomar impulso: ¡encerrar viento en un cofre de cedro y enrarecerlo mediante espejos ardientes en forma de icosaedros!

DE GUICHE. *(Adelantando un paso.)*

¡Dos!

CYRANO. *(Retrocediendo siempre.)*

¡O también, inventar un saltamontes mecánico con disparadores de acero, y hacerme lanzar hasta los celestes prados, donde los astros pacen, mediante explisiones sucesivas de salitre!

DE GUICHE. *(Siguiéndole sin darse cuenta y contando con los dedos.)*

¡Tres!

CYRANO.

¡Como el humo tiene tendencia a subir, podía haber hinchado un globo suficientemente grande para que me arrastrase hacia la altura!

DE GUICHE. *(El mismo juego, más asombrado cada vez.)*
    ¡Cuatro!

CYRANO.
    ¡Como a Febo, cuando está en su órbita, le gusta chupar el tuétano de los bueyes, bien podría untar con tuétanos mi piel y alcanzar la Luna!

DE GUICHE. *(Estupefacto.)*
    ¡Cinco!

CYRANO. *(Que hablando le ha arrastrado hasta el otro extremo de la plaza, junto a un banco.)*
    Y el último de los sistemas que hubiera podido emplear consiste en lo siguiente: sentándome sobre un disco de hierro arrojaría desde él, al aire, un trozo de imán. Éste es un buen método: el disco va tras el imán y, cuando lo alcanza, vuelvo a lanzarlo al aire... ¡y así indefinidamente!

DE GUICHE.
    ¡Seis! Los seis métodos son excelentes... pero ¿cuál de ellos escogísteis?

CYRANO.
    ¡Ninguno de los seis! ¡Un séptimo sistema!

DE GUICHE.
    ¡Vaya!... ¿Y cuál es?

CYRANO.
    ¡Adivinadlo!

DE GUICHE.
    ¡Esta mañana está resultando interesante!

CYRANO. *(Haciendo el ruido de las olas con grandes gestos misteriosos.)*
    ¡Houuuh,... houuuh,... houuuh...!

DE GUICHE.
    ¿Y...?

CYRANO.

¿No adivináis?

DE GUICHE.

No.

CYRANO.

¡La marea! A la hora en que las olas suben por la atracción de la Luna, me tendí sobre la arena, después de bañarme en el mar. De repente, comencé a ascender de cabeza, porque los cabellos, especialmente, tenían agua entre sus hebras. Me elevé en el aire, recto, muy recto. ¡como un ángel! Subía, subía dulcemente, sin ningún esfuerzo y de repente, sentí un golpe. Entonces...

DE GUICHE. *(Arrastrado por la curiosidad y sentándose en el banco.)*

Y entonces... ¿qué?

CYRANO.

¡Entonces... *(Recuperando su voz normal.)* Ha pasado el cuarto de hora, caballero. Podéis seguir vuestro camino: ¡el matrimonio ya se ha celebrado!

DE GUICHE. *(Levantándose de un salto.)*

Pero... ¿estoy borracho a esa voz... *(La puerta de la casa se abre y aparecen lacayos con antorchas encendidas. Luz. Cyrano se quita el sombrero que hasta ahora le cubría el rostro.)* ...y esa nariz?... ¡Cyrano!

CYRANO. *(Saludando.)*

¡El mismo! Dentro de un momento estarán aquí... ¡el tiempo justo de ponerse los anillos!

DE GUICHE.

Pero... ¿quién? *(Se vuelve. Cuadro. Detrás de los lacayos, Rosana y Cristián cogidos de la mano. El capuchino les sigue, sonriente. Ragueneau lleva también una antorcha. Cierra la procesión la dueña, medio dormida y en camisón.)* ¡Cielos!

ESCENA XIV

Los mismos, ROSANA, CRISTIÁN, *el capuchino,* RAGUENEAU, *acayos y la dueña.*

DE GUICHE.

¡Vos! *(Reconociendo a Cristián con estupor.)* ¿Él? *(Saludando a Rosana con admiración.)* ¡Sois muy astuta! *(A Cyrano.)* Os felicito, señor inventor de máquinas, vuestro cuento lograría detener a un santo en las mismas puertas del Cielo. Anotad este detalle porque os puede servir para el libro.

CYRANO. *(Inclinándose.)*

Señor, es un consejo que trataré de seguir.

EL CAPUCHINO. *(Presentando con satisfacción los recién casados a De Guiche, y mesándose su gran barba blanca.)*

Esta hermosa pareja, os debe su unión, hijo mío.

DE GUICHE. *(Mirándole fríamente.)*

¡Sí! *(A Rosana.)* Señora, ¿queréis despediros de vuestro esposo?

ROSANA.

¿Cómo?...

DE GUICHE. *(A Cristián.)*

El regimiento está en camino. ¡Uníos a él!

ROSANA.

¿Para ir a la guerra?

DE GUICHE.

¡Claro!

ROSANA.

¡Pero si los cadetes no van!...

DE GUICHE.

¡Irán! *(Sacando el papel que había guardado en su bolsillo.)* ¡Aquí está la orden! *(A Cristián.)* Llevadla vos, barón.

ROSANA. *(Arrojándose en los brazos de Cristián.)*
¡Cristián!

DE GUICHE. *(Sarcástico.)*
¡La noche de bodas está todavía muy lejana!

CYRANO. *(A parte.)*
¡Y al decir eso cree causarme daño!

CRISTIÁN. *(A Rosana.)*
¡Bésame otra vez!

CYRANO.
Vamos, vamos, ¡ya basta!

CRISTIÁN. *(Que sigue abrazado a Rosana.)*
Es duro dejarla... ¡Tú no sabes...!

CYRANO. *(Tratando de arrastrale.)*
¡Lo sé!

(A lo lejos se oyen tambores que tocan una marcha de guerra.)

DE GUICHE. *(Que ha subido hasta el fondo.)*
¡El regimiento está en marcha!

ROSANA. *(A Cyrano, que trata de llevarse a Cristián.)*
¡Os lo confío! ¡Prometedme que no pondrá su vida en peligro!

CYRANO.
Trataré de que así sea, pero no puedo prometeros nada.

ROSANA. *(Lo mismo.)*
¡Prometedme que será prudente!

CYRANO.
Haré lo que pueda, pero...

ROSANA. *(Lo mismo.)*
¡Cuidad que en ese horrible asedio no pase frío!

CYRANO.
   Lo procuraré, pero...

ROSANA.
   ¡Juradme que me será fiel!

CYRANO.
   ¡Ah, claro! Eso desde luego, pero...

ROSANA.
   ¡...que me escribirá a menudo!...

CYRANO. *(Deteniéndose.)*
   Descuidad, ¡eso os lo prometo!

TELÓN

ACTO CUARTO

Los cadetes de Gascuña

Campamento de la compañía de Carbon de Castel-Jaloux, durante el sitio de Arrás.

Al fondo, un talud que atraviesa la escena de parte a parte. Más allá se percibe un horizonte de llanura: el terreno se halla cubierto por las obras del asedio. Muy lejanos, los muros de Arrás y las siluetas de sus techos.

Tiendas, armas caídas por el suelo, tambores, etc... Está a punto de amanecer. Centinelas. Hogueras. Envueltos en sus capotes, los cadetes de Gascuña duermen. Carbon de Castel-Jaloux y Le Bret velan. Todos están pálidos y muy delgados. Cristián, tendio entre sus compañeros y envuelto como ellos en su capa, duerme en primer término. El resplandor de una hoguera permite ver su rostro. Pausa.

ESCENA I

CRISTIÁN, CARBON DE CASTEL-JALOUX, LE BRET, *los cadetes; después* CYRANO.

LE BRET.
¡Es horrible!
CARBON.
Sí, no tenemos nada.

LE BRET.

¡«Mordious»!

CARBON. *(Haciéndole señas para que hable más bajo.)*

¡Jura con sordina!... Los va a despertar. *(A los cadetes.)* ¡Chiss!... ¡Seguid durmiendo! *(A Le Bret.)* ¡Por lo menos los que duermen cenan!

LE BRET.

Pero los que padecemos insomnio... ¡qué hambre!

(Se oyen a lo lejos algunos disparos.)

CARBON.

¡Malditos disparos!... ¡Van a despertar a mis muchachos. *(A los cadetes que levantan la cabeza.)* ¡Seguid durmiendo!

(Todos vuelven a acostarse. Nuevos disparos, esta vez más cercanos.)

UN CADETE. *(Sobresaltado.)*

¡Diantre! ¿Qué es eso?

CARBON.

¡No pasa nada! Es Cyrano que vuelve.

(Las cabezas que se habían levantado se echan de nuevo.)

UN CENTINELA. *(Desde fuera.)*

¡Alto! ¿Quién va?

LA VOZ DE CYRANO.

¡Bergerac!

EL CENTINELA. *(Que está sobre el talud.)*

¡Alto! ¿Quién va?

CYRANO. *(Apareciendo sobre el parapeto.)*

¡Bergerac, imbécil!

(Cyrano desciende. Le Bret se adelanta hacia él, inquieto.)

LE BRET.

¡Dios mío!... ¡Por fin has llegado!

CYRANO. *(Haciéndole señas para que nadie se despierte.)*
¡Calla!

LE BRET.
¿Estás herido?

CYRANO.
Sabes de sobra que tienen por costumbre no acertarme.

LE BRET.
Me parece excesivo correr tanto peligro todas las mañanas por llevar una carta.

CYRANO. *(Deteniéndose ante Cristián.)*
¡Prometí que escribiría a menudo! *(Le mira.)* Duerme. Está pálido. ¡Si supiese la pobre que se muere de hambre!... ¡Pero continúa igual de guapo!

LE BRET.
Anda, ¡vete a dormir!

CYRANO.
No gruñas, Le Bret... ¡y no vuelvas a ter miedo por mí! Te voy a decir una cosa... Para atravesar las líneas españolas, he escogido un lugar cuyos centinelas están borrachos todas las noches.

LE BRET.
¿Y por qué, entonces no nos traes víveres?

CYRANO.
Hay que tener mucha soltura para pasar y si traigo algo... De todas formas, si no he visto mal, esta noche habrá novedades y los franceses comeremos o moriremos.

LE BRET.
¡Cuenta!... ¿Qué sabes?

CYRANO.
¡No!... ¡no estoy seguro! ¡Ya veremos lo que pasa!

CARBON.
¡Es vergonzoso! Ser los sitiadores... ¡y pasar hambre!

LE BRET.

Nunca vi nada tan complicado como este sitio: nosotros asediamos Arrás, el cardenal de España nos tiende una trampa y resulta que entonces somos nosotros los sitiados.

CYRANO.

¡Ya vendrá alguien que sitie, a su vez, al cardenal!

LE BRET.

¡No me parece cosa de risa!

CYRANO.

¡Bueno, bueno!

LE BRET.

¡Pensar que cada día arriesgas tu vida para llevar...! *(Viendo que Cyrano se dirige a su tienda.) ¿Dónde vas?*

CYRANO.

¡A escribir otra!

(Desaparece en el interior de la tienda.)

ESCENA II

Los mismos, excepto CYRANO.

(El alba despunta poco a poco, con resplandores rosas. La ciudad de Arrás se distingue, dorada, en el horizonte. A lo lejos, y por izquierda, suena un disparo de cañón e inmediatamente una batería de tambores. Otros tambores redoblan más cerca respondiendo a aquéllos y aproximándose. Pasan junto al escenario y se alejan por la derecha, recorriendo el campo. Rumores de soldados que se despiertan. A lo lejos, voces de oficiales.)

CARBON. *(Suspirando.)*

¡Maldición... diana! *(Los cadetes se revuelven en sus capotes y se estiran.)* ¡Suculento sueño, ha llegado tu fin! ¡Ya sé cuál será su primer grito!

UN CADETE. *(Sentándose.)*

¡Tengo hambre!

OTRO.

¡Me muero!

TODOS.

¡Ay!

CARBON.

¡Levantaos!

TERCER CADETE.

¡No puedo dar ni un paso!

CUARTO CADETE.

¡Ni moverme!

EL PRIMER CADETE. *(Mirándose en un trozo de coraza.)*

Tengo la lengua amarilla. ¡el aire debe estar indigesto!

OTRO.

¡Cambio mi corona de barón por un poco de queso de Chester!

OTRO.

¡Si no consigo llenar mi estómago de algo, me retiraré a mi tienda, como Aquiles!

OTRO.

¡Si al menos hubiese pan!

CARBON. *(Adelantándose hacia la tienda donde ha entrado Cyrano y llamándole a media voz.)*

¡Cyrano!

OTROS CADETES.

¡Nos moriremos!

CARBON. *(Siempre a media voz, en la puerta de la tienda.)*
¡Ayúdame! Tú, que sabes contentarles siempre, ¡devuélveles la alegría!

SEGUNDO CADETE. *(Precipitándose hacia el primero, que está mascando algo.)*
¿Qué comes?

EL PRIMERO.
Estopa de cañón frita con aceite de engrasar las ruedas... ¡es lo único que he encontrado en los alrededores de Arrás!

OTRO. *(Entrando.)*
¡Vengo de cazar!

OTRO. *(Lo mismo.)*
¡Estuve pescando!

TODOS. *(Poniéndose en pie y lanzándose sobre los recién llegados.)*
¿Qué?... ¿qué habéis cogido?... ¿Un faisán?... ¿Una carpa?... ¡Enseñadlo, aprisa!

EL PESCADOR.
Yo, un pececillo.

EL CAZADOR.
¡Y yo un gorrión!

TODOS. *(Exasperados.)*
¡Basta! ¡Sublevémonos!

CARBON.
¡Ayúdame, Cyrano!

(Ya es completamente de día.)

ESCENA III

Los mismos y CYRANO.

CYRANO. *(Saliendo de su tienda, tranquilo, con la pluma en una oreja y un libro en la mano.)*
¿Qué es lo que pasa? *(Silencio. Dirigiéndose al primer cadete.)* ¿Así arrastra los pies un cadete?

EL CADETE.
¡Es que tengo una cosa en los talones que me molesta!

CYRANO.
¿Qué es?

EL CADETE.
¡El estómago!

CYRANO.
Y, ¿dónde crees que lo tengo yo?

EL CADETE.
¿Y no te molesta?

CYRANO.
¡Al contrario!... ¡me eleva el espíritu!

SEGUNDO CADETE.
¡Yo tengo los dientes largos!

CYRANO.
¡No por eso morderás lo que no hay!

TERCER CADETE.
¡Mi tripa suena a hueco!

CYRANO.
¡Servirá para tocar el tambor!

OTRO.
¡Me zumban los oídos!

CYRANO.
¿Qué?... ¡Estás mintiendo ¡Tripa vacía no tiene orejas!

OTRO.

¡Algo de comer!... ¡quiero algo de comer, aunque sea...!

CYRANO. *(Quitándole el casco y poniéndoselo en la mano.)*
¡Ahí tienes la ensalada!

OTRO.

¿Y qué podría comer yo?

CYRANO. *(Lanzándole el libro que tiene en las manos.)*
¡La Ilíada!

OTRO.

¡En París, el ministro estará comiendo cuatro veces al día!

CYRANO.

¿Crees que debería mandarte una perdiz?

EL MISMO.

¿Y por qué no?... ¡Y vino también!

CYRANO. *(Burlándose.)*
Richelieu, ¿qué deseáis?... ¿Borgoña?

EL MISMO.

¡Que nos lo envíe por medio de algún capuchino!

CYRANO. *(Lo mismo.)*
¡Su eminencia está demasiado... alegre!

OTRO.

¡Tengo un hambre de ogro!

CYRANO.

¡Bueno!... ¡trágate algún niño!

PRIMER CADETE. *(Encogiéndose de hombros.)*
¡Siempre el chiste, la ironía!...

CYRANO.

¡Sí, la palabra justa!... ¡Quisiera morir una tarde bajo un cielo rosa, con una hermosa frase para una causa bella! ¿Qué mayor gloria que caer herido por un arma noble y por un rival digno de serlo, lejos del lecho de muerte, con la punta de la espada en el corazón y la ironía en la punta de los labios?

GRITOS DE TODOS.

¡Tengo hambre!

CYRANO. (*Cruzándose de brazos.*)

Pero... ¿qué os pasa?... ¡No pensais más que en comer! Acércate, Beltrán, viejo pastor y flautista, saca de tu estuche de cuero una de tus flautas y toca... ¡toca para este hatajo de tragones y borregos, las viejas canciones del país!... ¡Toca una de esas canciones que, en cada nota, nos recuerdan las voces amadas!... ¡Toca esos aires que tienen la lentitud del humo que las casas de nuestros pueblos exhalan por sus techos, esa música cuyas notas están escritas con acento patois! (*El viejo se sienta y prepara su flauta.*) ¡Que la flauta, hoy guerrera y afligida, recuerde por un momento que antes de ser de ébano fue de caña, mientras tus dedos parecen bailar sobre ella como las patas de un pájaro!... ¡Que su canción la asombre y reconozca el alma rústica y agradable de su juventud!... (*El viejo comienza a tocar una canción del Languedoc.*) ¡Escuchad, gascones!, esto no es la trompeta aguda de los campos de guerra, ¡es la flauta del bosque! ¡De sus labios no sale el grito que nos llama al combate sino la dulce música de la gaita de nuestros pastores! ¡Escuchad, gascones!, ¡es el rumor del valle, de la landa, del bosque, el pastorcillo con su gorra roja, el verde dulzor de los atardeceres de Dordoña! ¡Oídlo, gascones!... ¡Es toda la Gascuña!

(*Las cabezas de todos los cadetes están inclinadas; los ojos sueñan y, furtivamente, algunos se enjugan las lágrimas con el revés de las mangas o con una punta del capote.*)

CARBON. (*A Cyrano, en voz baja.*)

¡Les estás haciendo llorar!

CYRANO.

De nostalgia, que al fin y al cabo es un mal mucho más noble que el hambre... porque no es físico sino moral. ¡Me agrada que su dolor haya cambiado de víscera y que sea el corazón el que les duela!

CARBON.

¡Pero se debilitarán si los enterneces!

CYRANO. *(Haciendo una señal para que el tambor se acerque.)*

¡No importa! El héroe que todos llevan en su sangre se despierta muy pronto, basta con...

(Hace un gesto y el tambor bate.)

TODOS. *(Levantándose y precipitándose sobre las armas.)*

¿Eh?... ¿Qué es esto?... ¿Qué pasa?...

CYRANO.

¿Lo ves?... ¡Basta con un redoble de tambor! ¡Adiós sueños, penas, país natal, amor!... ¡Lo que con la flauta viene, se va con el tambor!

UN CADETE. *(Que mira al fondo.)*

¡Eh!... ¡Eh!... ¡Que viene De Guiche!...

TODOS LOS CADETES. *(Murmurando.)*

¡Hou!...

CYRANO.

¡Halagador murmullo!

UN CADETE.

¡Nos fastidia!

OTRO.

¡Se da demasiada importancia con su gran cuello de encaje sobre la armadura!

OTRO.

¡Como si las espadas necesitasen de puntillas!

PRIMER CADETE.

¡Eso está bien cuando se tiene algún divieso!

SEGUNDO CADETE.

¡Bah!, ¡es un cortesano!

OTRO.

¡Tal sobrino para tal tío!

CARBON.

Sin embargo, ¡es un gascón!

PRIMER CADETE.

¡Un falso gascón!; ¡Desconfiad de él! Los gascones son locos, arriesgados... ¡Nada hay tan peligroso como un gascón razonable!

LE BRET.

¡Está pálido!

OTRO.

¡Tiene tanta hambre como el último diablo!... ¡Pero como su coraza tiene clavos dorados, los calambres de su estómago relucen con el sol!

CYRANO. *(Vivamente.)*

¡Cuiado!... ¡que ni por un momento piense que sufrimos!... ¡Vosotros, a vuestras cartas!... ¡Llenad las pipas!... ¡Que rueden esos dados!... *(Todos se ponen rápidamente a jugar encima de los tambores, los taburetes, sobre sus capotes o en el suelo, mientras encienden las pipas.)* ¡Yo, mientras tanto, leeré a Descartes!

(Se pasea a lo largo y a lo ancho del escenario leyendo un librito que ha sacado de su jubón. Todos los cadetes aparentan estar abstraídos en el juego y contentos. Cuadro. Entra De Guiche, muy pálido, y se adelanta hacia Carbon.)

ESCENA IV

Los mismos y DE GUICHE.

DE GUICHE. *(A Carbon.)*

¡Hola! ¡Buenos días! *(Se observan mutuamente. Aparte, con satisfacción.)* ¡Está flaco y amarillo!

CARBON. *(Lo mismo.)*

¡No le quedan en la cara más que los ojos!

DE GUICHE. *(Mirando a los cadetes.)*

¡Con que éstos son los cabezas rotas!... ¡Caballeros!... me han dicho que entre vosotros, los cadetes, nobles montañeses, hidalgos bearneses y barones del Perigord, se murmura y habla mal de mí... ¡que no os parece suficiente el desdén que mostráis por vuestro coronel, sino que me llamáis intrigante, cortesano!... ¡que os molesta ver sobre mi coraza un cuello de encaje y que estáis siempre indignados diciendo que no se puede ser gascón sin sentirse pobre! *(Silencio. Los cadetes continúan jugando y fumando.)* ¿Queréis que os haga castigar por vuestro capitán?... ¡Espero que no!

CARBON.

Perdón, conde, pero yo soy libre y no castigaré a nadie.

DE GUICHE.

¿Cómo?

CARBON.

Pago a mi compañía y por lo tanto me pertenece. ¡No estoy obligado a obedeceros más que en lo concerniente a la guerra!

DE GUICHE.

Pero... ¡esto pasa de la raya! *(Dirigiéndose a los cadetes.)* Pero despreciar vuestras bravatas sin miedo... ¡y ya conocéis mi forma de hacerlo! Mi valor está demostrado. Ayer, por ejemplo, en Bapaume, todos pudieron ver la furia con que hice retroceder al conde de Bucquoi; lanzando mis tropas como un alud contra las suyas, ¡cargué contra él por tres veces!

CYRANO. *(Sin levantar las narices de su libro.)*

¿Y qué me decís de vuestra bandolera blanca?

DE GUICHE. *(Sorprendido y satisfecho.)*

¡Ah!... ¿conocéis el detalle?... En efecto, ocurrió que, miembras efectuaba la maniobra para recoger a mi gente y cargar por tercera vez, el torbellino de los que huían me arrastró hasta el campo enemigo... ¡Rápidamente comprendí el peligro!... Si me hubiesen cogido, me habrían arcabuceado al instante. De repente, tuve la ocurrencia de desatar la bandolera y dejarla caer. De esta forma, y no conociendo ellos mi graduación, pude escapar fácilmente del campo español, para, al momento, volver contra ellos seguido de mis tropas. ¿Qué os parece?... ¿Tenéis algo que alegar contra eso?

(Los cadetes parecen no escuchar, pero las cartas y los cubiletes están en el aire, mientras el humo de las pipas permanece encerrado en las bocas de todos. Pausa.)

CYRANO.

¡Enrique IV, encontrándose en vuestro mismo caso, nunca se habría despojado de su penacho blanco!

(Silencio alegre. Las cartas y los dados caen. Todas las bocas dejan escapar el humo.)

DE GUICHE.

¡Sin embargo, la treta dio resultado!

(La misma expectación de antes.)

CYRANO.

Es posible, ¡pero no se abdica tan fácilmente del honor de servir de blanco! *(Cartas y dados caen; el humo vuelve a ele-*

varse; satisfacción creciente entre los cadetes.) ¡Si yo me hubiera encontrado presente cuando dejasteis caer la bandolera, —en esto se diferencian vuestro valor y el mío— la hubiera recogido y me la hubiera puesto.

DE GUICHE.

¡Bah!... ¡fanfarronada de gascón!

CYRANO.

¿Fanfarronada?... ¡Prestádmela y os prometo dirigir esta tarde el asalto con ella puesta!

DE GUICHE.

¡Basta de bravatas!... ¡De sobra sabéis que la bandolera quedó en el campo enemigo, en un lugar que después la metralla acribilló y donde nadie podrá recuperarla!

CYRANO. *(Sacando de su bolsillo la bandolera blanca y ofreciéndosela.)*

¡Aquí la tenéis!

(Los cadetes ahogan sus risas entre las cartas y con los cubiletes. De Guiche se vuelve y les mira; inmediatamente ellos recobran su aire de gravedad y prosiguen sus juegos. Uno de ellos silba con indiferencia, acompañado por la flauta.)

DE GUICHE. *(Recogiéndola.)*

¡Gracias! Con este trozo de tela clara voy a hacer la señal que necesitaba. *(Se sube sobre el talud y agita muchas veces la bandolera en el aire.)*

TODOS.

Pero... ¿qué hace?

DE GUICHE. *(Volviéndo a bajar.)*

Es un falso espía español que nos presta buenos servicios: los informes que lleva a los enemigos son los que yo le entrego; de esta forma puedo influir en sus decisiones.

CYRANO.

Ya entiendo: ¡un canalla!

DE GUICHE. *(Poniéndose con indiferencia la bandolera.)*

Lo que queráis, pero nos presta excelentes servicios... ¿De qué hablábamos?... ¡Ah, se me olvidaba!... He de comunicaros algo. Esta misma noche, el mariscal, para avituallarnos, intentó un golpe supremo, dirigiéndose sin tambores ni banderas a Dourlens. Las provisiones reales están allí y se ha llevado casi todas las tropas para conseguir apoderarse de ellas. Si los españoles nos atacasen ahora, la situación sería muy delicada: ¡la mitad del ejército no está en el campo!

CARBÓN.

Si lo supiesen, sería muy grave. Pero no lo sabrán ¿verdad?

DE GUICHE.

¡Lo saben y van a atacarnos!

CARBON.

¡Ah!

DE GUICHE.

Mi falso espía ha venido a comunicarme su agresión. Y añadió: «Señaladme por dónde os interesa que se efectúe el ataque y yo indicaré a los españoles cuál es el puesto peor defendido; ellos lanzarán toda su fuerza sobre él.» Le respondí: «Está bien, salid al campo y seguid con los ojos las líneas francesas; el lugar en que os haga una señal será el ideal para que efectúen el ataque.»

CARBON. *(A los cadetes.)*

Caballeros, ¡prepárense!

(Todos se levantan. Ruido de espadas y cinturones que se abrochan.)

DE GUICHE.

El ataque tendrá lugar dentro de una hora.

PRIMER CADETE.

¡Ah!... ¡todavía podemos jugar un rato!

(Todos vuelven a sentarse y prosiguen las partidas interrumpidas.)

DE GUICHE. *(A Carbon.)*

¡Hay que ganar tiempo! ¡El mariscal tiene que volver!

CARBON.

Y... ¿Para ganar tiempo...?

DE GUICHE.

¡Tendréis que haceros matar!

CYRANO.

¡Bonita venganza!

DE GUICHE.

No digo que si os quisiese bien os hubiese escogido a vos y a los vuestros... pero como no hay ningún valor comparable al de los cadetes de Gascuña, ¡sirvo a mi rey sirviendo a mi rencor!

CYRANO. *(Saludando.)*

¡Permitidme que os lo agradezca!

DE GUICHE. *(Saludando.)*

Ya sé cuánto os gusta pelear uno contra cien. ¡Aquí tendréis oportunidad de hacerlo! *(Se aleja con Carbon hacia el talud.)*

CYRANO.

¡Bueno, caballeros! Hoy vamos a añadir a las seis barras de azul y oro que tiene el escudo de Gascuña una más, la que le faltaba: ¡Una barra de color de sangre!

(De Guiche habla bajo con Carbon de Castel-Jaloux, en el fondo. Da órdenes. La resistencia se prepara. Cyrano se dirige hacia Cristián, que ha quedado inmóvil, con los brazos cruzados.)

CYRANO. *(Poniéndole una mano en el hombro.)*

¿Cristián?...

CRISTIÁN. *(Moviendo la cabeza.)*

¡Rosana!

CYRANO.

¡Lo comprendo!

CRISTIÁN.

¡Si al menos pudiese expresarla todo mi amor en una carta de despedida!...

CYRANO.

Estaba seguro de que llegaría esta hora... *(Saca una carta de su jubón.)* ¡y ya está hecha tu carta de adiós!

CRISTIÁN.

¡Diablos!

CYRANO.

¿La quieres?

CRISTIÁN. *(Arrancándole la carta de las manos.)*
¡Claro! *(La abre, lee y se detiene.)* ¡Vaya!

CYRANO.

¿Qué pasa?

CRISTIÁN.

¿Y esa pequeña mancha?...

CYRANO. *(Cogiendo rápidamente el papel y mirando con aire atontado.)* ¿Una mancha?

CRISTIÁN.

¡Es una lágrima!

CYRANO

¡Oh, sí!... Es el encanto del juego... ¿lo comprendes?... ¡Esta carta era demasiado emocionante y me ha hecho llorar a mí mismo escribiéndola!

CRISTIÁN.

¿Llorar?...

CYRANO.

Sí, porque, al fin y al cabo, morir no es lo más terrible. Lo terrible verdaderamente es no volver a verla... Porque yo no la... *(Cristián le mira.)* nosotros no la... *(Con rapidez.)* Tú no la...

165

CRISTIÁN. *(Arrancándole la carta.)*
   ¡Dame esta carta!

   (Se oye en el campo un rumor lejano.)

VOZ DE UN CENTINELA.
   ¡Alto! ¿Quién va?

   (Disparos, voces, ruido de cascabeles.)

CARBON.
   ¿Qué pasa?

CENTINELA. *(Que está sobre el talud.)*
   ¡Una carroza!

   (Todos se precipitan al exterior para ver.)

GRITOS.
   ¿Qué?... ¿En el campo?... ¡Está entrando!... ¡Parece venir del campo enemigo!... ¡Disparad!... ¡No!... Cuidado, el cochero ha gritado!... ¿Qué ha gritado?... ¡Está gritando: «Servicio del rey»!...

   (Los cadetes que están sobre el talud, miran hacia afuera. El tintineo de los cascabeles se aproxima.)

DE GUICHE.
   ¿Qué?... ¿Servicio del rey?...

   (Todos bajan del talud y se alinean.)

CARBON.
   ¡Abajo esos sombreros!

DE GUICHE. *(Gritando en dirección de bastidores.)*
   ¡Servicio del Rey!... ¡Colocaos en fila para que pueda describir con suntuosidad la curva.

   (La carroza entra al trote. Está cubierta de barro y de polvo. Los visillos bajados. Dos lacayos detrás. Se detienen en seco.)

CARBON. *(Gritando.)*
   ¡Que redoblen los tambores!

(Los tambores redoblan y los cadetes se descubren.)

DE GUICHE.

   ¡Bajad el escalón!

(Dos hombres corren apresuradamente. La puerta se abre.)

ROSANA. *(Saltando de la carroza.)*

   ¡Buenos días!

(El sonido de una voz femenina alza de un solo golpe las cabezas de todos, hasta ahora profundamente inclinadas. Estupor general.)

ESCENA V

Los mismos y ROSANA.

DE GUICHE.

   ¿Vos?... ¿Servicio del rey?...

ROSANA.

   Sí, pero de un solo rey: ¡el del amor!

CYRANO.

   ¡Dios mío!

CRISTIÁN. *(Abalanzándose.)*

   ¿Vos aquí?... ¿Por qué lo habéis hecho?...

ROSANA.

   ¡Duraba demasiado este asedio!

CRISTIÁN.

   Pero... ¿por qué?

ROSANA.

   Ya te lo diré.

CYRANO. *(Que al oír su voz se ha quedado inmóvil, sin atreverse a mirarla.)*

¡Dios mío!... ¿La miraré?...

DE GUICHE.

¡No podéis permanecer aquí!

ROSANA.

¡Claro que puedo! ¿Queréis traerme un tambor? *(Se sienta sobre un tambor que le ofrecen.)* ¡Muchas gracias! *(Se ríe.)* Una patrulla disparó sobre mi carroza... *(Con orgullo.)* ¡Creerían que era una calabaza y mis lacayos dos ratones, como en el cuento de hadas! *(Enviando con los labios un beso a Cristián.)* ¡Buenos días! *(Todos la miran.)* ¡Parece que no estáis muy alegres! ¿Sabéis que está muy lejos Arrás?... *(Viendo a Cyrano.)* ¡Hola, querido primo!

CYRANO. *(Avanzado.)*

¡Pero cómo!...

ROSANA.

¿Que cómo he llegado hasta aquí?... ¡Ah, amigo mío, fue muy fácil! ¡He caminado por los lugares en que veía todo destruido!... ¡Qué horror!... ¡Fue necesario que lo viese para creerlo! Señores, si en eso consiste el servicio del rey, el mío vale mucho más.

CYRANO.

¡Estáis loca! Pero... ¿por dónde diablos habéis pasado?

ROSANA.

¿Por dónde?... ¡Por el campo de los españoles!

PRIMER CADETE.

¡Ah! ¡lo que ellas no consigan!

DE GUICHE.

¿Y cómo conseguisteis atravesar sus líneas?

LE BRET.

¡Debió ser muy difícil!

ROSANA.

No mucho. Pasé con facilidad poniendo la carroza al trote. Si algún hidalgo español mostraba su rostro altivo, ponía en la portezuela mi más bella sonrisa... ¡y pasaba! Os juro que, sin desprestigio para los franceses, esos caballeros son los más galantes del mundo. ¡Así conseguí pasar!

CARBON.

Verdaderamente no hay mejor pasaporte que una sonrisa. ¡Pero alguna vez os habrán preguntado algo!

ROSANA.

Sí, con bastante frecuencia. Yo les respondía: «Voy a ver a mi amante.» Entonces, incluso el español de aspecto más fiero, cerraba la portezuela de mi carroza y, con un gesto que daría envidia al mismo rey, bajaba los mosquetes dirigidos contra mí, y soberbio de agrado a la vez que de orgullo, con la pluma de su sombrero flotando al viento, se inclinaba y decía: «Pasad, señorita.»

CRISTIÁN.

¡Pero, Rosana!

ROSANA.

Les tuve que decir que eras mi amante... ¡perdóname! Comprende que si les hubiese dicho: «mi marido», no me hubiesen dejado pasar.

CRSTIÁN.

Pero...

ROSANA.

Pero... ¿qué?

DE GUICHE.

¡Hay que sacarla de aquí!

ROSANA.

¿A mí?

CYRANO.

Sí, ¡y deprisa!

LE BRET.

¡Cuanto antes mejor!

CRISTIÁN.

¡Estoy de acuerdo!

ROSANA.

Y... ¿por qué?

CRISTIÁN. *(Embarazado.)*

¿Cómo que por qué?

CYRANO. *(Lo mismo.)*

Porque dentro de tres cuartos de hora...

DE GUICHE.

O una hora...

CARBON. *(Lo mismo.)*

¡Es mejor!

LE BRET. *(Lo mismo.)*

Podríais...

ROSANA.

Si va a haber lucha, me quedo.

TODOS.

¡No!

ROSANA.

¡Es mi marido! *(Se arroja en brazos de Cristián.)* ¡Qué me maten contigo!

CRISTIÁN.

¡Has llorado!

ROSANA.

Ya te diré por qué.

DE GUICHE. *(Desesperado.)*

ROSANA. *(Volviéndose.)*

¿Cómo?... ¿La peor?...

CYRANO.

¡La prueba está en que nos la ha asignado a nosotros.

ROSANA. *(A De Guiche.)*

¡Ah!... ¿con que queréis dejarme viuda?

DE GUICHE.

Os juro...

ROSANA.

No juréis nada. Aunque sea una locura, me quedaré. Además, me divierte.

CYRANO.

¡Vaya! ¡resulta que la linda señorita era una heroína!

ROSANA.

Señor de Bergerac... ¡soy vuestra prima!

UN CADETE.

¡Nosotros la defenderemos!

ROSANA. *(Cada vez más entusiasmada.)*

¡Estoy segura de ello, amigos míos!

OTRO. *(Embriagado.)*

¡Todo el campo huele a iris!

ROSANA.

Precisamente me he puesto un sombrero que irá bien a la batalla. *(Mirando a De Guiche.)* Me parece que ya va siendo hora de que el conde se vaya... Podría comenzar la lucha.

DE GUICHE.

¡Ah!... ¡esto pasa de la raya!... Voy a inspeccionar los cañones y vuelvo en seguida... ¡Aún estáis a tiempo de cambiar de opinión!

ROSANA.

Eso... ¡nunca!

(De Guiche sale.)

ESCENA VI

Los mismos, excepto DE GUICHE.

CRISTIÁN. *(Suplicante.)*

¡Rosana, por favor!...

ROSANA.

¡No!

PRIMER CADETE. *(A los demás.)*

¡Se queda!

TODOS. *(Corren precipitadamente, empujándose unos a otros mientras se acicalan.)*

¡Un peine!... ¡jabón!... ¡Mi badana!... ¡Está rota... una aguja!... ¡Déjame tu espejo!... ¡Una cinta!... ¡Los puños de mi camisa!... ¿Quién tiene una cuchilla?...

ROSANA. *(A la que Cyrano continúa suplicando.)*

¡Todo es inútil! ¡Nadie conseguirá moverme de aquí!

CARBON. *(Después de haberse peinado, limpiado el polvo, cepillado el sombrero, enderezado su pluma y estirado sus puños, como los otros, se dirige a Rosana ceremoniosamente.)*

¡Ya que os quedáis, permitidme que os presente a algunos de los caballeros que van a tener el honor de morir por vuestros bellos ojos. *(Rosana se inclina y espera, de pie y del brazo de Cristián.)*

¡Barón de Peyrescous de Colignac!

EL CADETE. *(Saludando.)*
¡Señora!...

CARBON. *(Siguiendo.)*
¡Barón de Casterac de Cahuzac!... ¡Vidame de Malgouyre Estressas Lésbas d'Escarabiot!... ¡Caballero d'Antignac-Juzet!... ¡Barón Hillot de Blagnac-Saléchan de Castel-Crabioules!...

ROSANA.
¿Cuántos nombres tenéis cada uno?

EL BARÓN HILLOT.
¡Muchos!

CARBON. *(A Rosana.)*
Abrid la mano con que sujetáis vuestro pañuelo.

ROSANA. *(Abre la mano y el pañuelo cae.)*
¿Por qué?

(Toda la compañía se abalanza sobre él, pero es Carbon quien lo recoge.)

CARBON.
Mi compañía estaba sin bandera, pero estoy seguro de que, desde este momento, tendrá la más bella que ondee sobre el campo.

ROSANA.
¡Es muy pequeña!

CARBON. *(Atando el pañuelo al asta de su lanza de capitán.)*
¡Pero de encaje!

UN CADETE. *(A los demás.)*
¡Moriría sin pesar después de haber visto esta cara! ¡Si al menos tuviese en la tripa una nuez!

CARBON. *(Que le ha oído.)*
¿Cómo?... ¡Hablar de comida cuando una mujer tan exquisita...!

ROSANA.

El aire del campo despierta el apetito. ¡Incluso yo misma tengo hambre! Me apetecería comer fiambres, pastas, y buenos vinos... Ese sería mi menú preferido. ¿Querríais traermelo?

(Consternación general.)

UN CADETE.

¿Traérselo?...

OTRO.

¿Y de dónde lo vamos a sacar?...

ROSANA. *(Tranquilamente.)*

¡De mi carroza!

TODOS.

¿Qué?...

ROSANA.

¡Pero hay que servirlo, trincharlo y deshuearlo! ¡Mirad atentamente a mi cochero y reconoceréis en él a un hombre muy valioso. Si queréis, recalentará las salsas.

LOS CADETES. *(Corriendo hacia la carroza.)*

¡Pero si es Ragueneau!

(Aclamaciones.)

ROSANA. *(Siguiéndolos con los ojos.)*

¡Pobres hombres!

CYRANO. *(Besándole la mano.)*

¡Habéis sido nuestra hada!

RAGUENEAU. *(En pie sobre el pescante, como un charlatán en la plaza pública.)*

¡Caballeros!

(Entusiasmo general.)

LOS CADETES.

¡Bravo!... ¡Bravo!...

RAGUENEAU.

¡Los españoles, con tantos encantos, no vieron pasar la comida!

(Aplausos.)

CYRANO. *(Llamando a Cristián en voz baja.)*
¡Oye, Cristián! ¡Cristián!

RAGUENEAU.

Distraídos en mostrarse galantes, no vieron... *(Saca de su pescante un plato que levanta.)* la galantina.

(Aplausos. La galantina pasa de mano en mano.)

CYRANO. *(A Cristián.)*
¡Un momento!... ¡tengo que decirte una cosa!

RAGUENEAU.

¡Venus supo distraer el ojo, para que Diana pasase en secreto... *(Blande una pierna.)* este cabritillo.

(Entusiasmo. La pierna es cogida por veinte manos a la vez.)

CYRANO. *(En voz baja, a Cristián.)*
¡Quiero hablarte!

ROSANA. *(A los cadetes que bajan cargados de alimentos.)*
¡Dejadlo todo aquí, en el suelo!

(Sobre la hierba, prepara la mesa ayudada por dos lacayos imperturbables que estaban detrás de la carroza.)

ROSANA. *(A Cristián, en el momento en que Cyrano se lo llevaba.)*
¡Eh, Cristián!... ¡a ver si sirves para algo!

(Cristián va en su ayuda. Movimiento de inquietud en Cyrano.)

RAGUENEAU.

¡Pavo trufado!

PRIMER CADETE. *(Que baja cortando una gran loncha de jamón.)*

¡Rayos!, ¡no entraremos en combate sin darnos antes un buen atracón!... *(Rectificando al ver a Rosana.)* perdón, un banquete!

REGUENEAU. *(Lanzando los cojines de la carroza.)*

Ahí van esos cojines!... ¡están llenos!

(Tumulto. Se descosen los cojines entre risas y alegría general.)

RAGUENEAU. *(Lanzando botellas de vino tinto.)*

¡Botellas con rubíes... *(Y de vino blanco.)* y topacios!

ROSANA. *(Tirando al rostro de Cyrano un mantel plegado.)*

Despliega ese mantel... ¡venga, deprisa!

RAGUENEAU. *(Enarbolando uno de los faroles de la carroza.)*

¡Cada linterna es una despensa!

CYRANO. *(En voz baja, a Cristián, miembras extienden juntos el mantel.)*

¡Tengo algo que decirte antes de que hables con ella!

RAGUENEAU. *(Más y más lírico a cada momento.)*

¡El mango de mi látigo es un salchichón de Arlés!

ROSANA. *(Vertiendo vino en los vasos y sirviendo.)*

¡Ya que nos mandan a la muerte, nos reímos del resto del ejército!... ¡Todo para los gascones!... Y si De Guiche aparece, que nadie le invite. *(Yendo de uno a otro.)* Más despacio, ¡tenéis tiempo!... No comáis tan aprisa... ¡Bebed vos un poco!... ¿Qué os pasa?, ¿por qué lloráis?

PRIMER CADETE.

¡Es demasiado bonito!

ROSANA.

¡Chiss!..., ¡Callad!... ¿Tinto o blanco?... ¡Pan para el señor Carbon!... ¡Un cuchillo!... Traed vuestro plato... ¿Todavía más?... ¡Ya os sirvo!... ¿Borgoña?... ¿Queréis un ala?...

CYRANO. *(Que va tras ella con los brazos cargados de platos, ayudándola a servir.)*

¡La adoro!

ROSANA. *(A Cristián.)*

¿Qué quieres tú?

CRISTIÁN.

¿Yo?... ¡Nada!

ROSANA.

¿Que no vas a comer?... Toma ese bizcocho y dos dedos de vino.

CRISTIÁN. *(Tratando de retenerla.)*

Dime, ¿por qué viniste?

ROSANA.

Ahora me debo a estos desgraciados... ¡En seguida estoy contigo!

LE BRET. *(Que se había ido hacia el fondo para dar pan al centinela del talud, clavándolo en la punta de una pica.)*

¡Eh!... ¡que viene De Guiche!...

CYRANO.

¡Deprisa!... ¡esconded las botellas, los platos, todo!... ¡Aquí no ha pasado nada! *(A Ragueneau.)* Tú, salta al pescante. ¿Está todo escondido?

(En un abrir y cerrar de ojos, todo ha desaparecido en el interior de las tiendas o debajo de los vestidos, los capotes y en el interior de los sombreros. De Guiche entrar deprisa y de repente se para en seco, olfateando. Silencio.)

ESCENA VII

Los mismos y DE GUICHE.

DE GUICHE.
¡Qué bien huele aquí!

UN CADETE. *(Cantando en tono burlón.)*
¡Tra, lala, lala, la, la!

DE GUICHE. *(Parándose y mirándole.)*
¿Qué os pasa?... ¡Estáis completamente colorado!

CADETE.
¿A mí?... ¡Nada! Es la sangre que hierve por la proximidad de la lucha.

OTRO.
¡Pum! ¡Pum! ¡Pum!

DE GUICHE. *(Volviéndose.)*
¿Qué es eso?...

EL CADETE. *(Un poco borracho.)*
¡Nada! Una canción... ¡una cancioncilla!...

DE GUICHE.
¡Estáis muy alegres!

EL CADETE.
¡La proximidad del peligro!

DE GUICHE. *(Llamando a Carbon de Castel-Jaloux, para darle órdenes.)*
¡Capitán, voy a... *(Se detiene al verle.)* ¡Peste! ¡Vaya!... ¿qué os pasa a vos?

CARBON. *(Rojo como la grana y escondiendo una botella a su espalda, con gesto evasivo.)*
¡Oh!...

DE GUICHE.
Me quedaba un cañón desocupado y he ordenado que no emplacen... *(Señalando un lugar entre bastidores.)* allí, en

aquel rincón. ¡Vuestros hombres podrán emplearlo si llega el caso!

UN CADETE. *(Pavoneándose.)*
¡Gracias por la atención!

OTRO. *(Sonriéndole graciosamente.)*
¡Qué amable solicitud!

DE GUICHE.
¡Estáis todos locos! *(Con sequedad.)* No conocéis su manejo; únicamente os advertiré que tengáis cuidado con el retroceso.

PRIMER CADETE.
¡Ah!... ¡pfftt!...

DE GUICHE. *(Yendo hacia él furioso.)*
¡Pero...!

EL CADETE.
¡El cañón de los gascones no retrocede nunca!

DE GUICHE. *(Cogiéndole por el brazo y meneándole.)*
Pero... ¡si estáis todos borrachos!... ¿De qué?...

PRIMER CADETE. *(Con orgullo.)*
¡Del olor a pólvora!

DE GUICHE. *(Encogiéndose de hombros, le rechaza y va hacia Rosana apresuradamente.)*
¡Deprisa, señora! ¿A qué esperáis a decidiros?

ROSANA.
¡Me quedo!

DE GUICHE.
¡Huid!

ROSANA.
¡No!

DE GUICHE.
Ya que las cosas están así, ¡que me traigan también a mí un mosquetón!

CARBON.

¿Cómo?

DE GUICHE.

¡Yo también me quedo!

CYRANO.

¡Al fin!... ¡Eso es bravura de la de verdad!

PRIMER CADETE.

Pero a pesar de los encajes, ¿sois gascón de verdad?

DE GUICHE.

¡Nunca abandono a una dama en peligro!

SEGUNDO CADETE.

¡Yo creo, que se le puede dar de comer!

(Todos los alimentos vuelven a aparecer como por encanto.)

DE GUICHE. *(Cuyos ojos se iluminan.)*

¡Víveres!

TERCER CADETE.

¡Han salido de la tierra!

DE GUICHE. *(Dominándose, con altivez.)*

¿Creéis acaso que yo como las sobras?

CYRANO. *(Saludándole.)*

¡Vais progresando!

DE GUICHE. *(Con orgullo y pronunciando la última palabra con acento gascón.)*

¡Yo me bato en ayunas!

PRIMER CADETE.

¡Pero si hasta habla con acento!

DE GUICHE.

¡Claro!

PRIMER CADETE.

¡Es uno de los nuestros!

(Todos comienzan a bailar.)

CARBON. *(Que ha desaparecido hace unos momentos tras el talud, aparece sobre la cima del mismo.)*
Ya he colocado los piqueros, ¡la tropa está dispuesta!

(Señala la línea de picas que sobresale por encima del talud.)

DE GUICHE. *(Inclinándose, a Rosana.)*
¿Queréis aceptar mi mano para pasar revista?

(Rosana la acepta y suben hacia el talud. Todos se descubren y les siguen.)

CRISTIÁN. *(A Cyrano, muy deprisa.)*
¡Venga!, ¡dime lo que sea!

(En el momento en que Rosana aparece sobre la cima del talud, las picas desaparecen abatidas para el saludo; desde abajo sale un poderoso grito y ella se inclina.)

LOS PIQUEROS. *(Desde fuera.)*
¡Viva!

CRISTIÁN.
¿De qué se trata?

CYRANO.
En caso de que Rosana...

CRISTIÁN.
¡Sigue!

CYRANO.
Te hablase de cartas...

CRISTIÁN.
¡Sigue!

CYRANO.
¡No cometas la tontería de asombrarte!

CRISTIÁN.
¿Por qué?

CYRANO.

¡Era necesario que te lo dijera!... ¡Dios mío, viéndola aquí todo es más fácil! Tú le...

CRISTIÁN.

¡Deprisa!

CYRANO.

¡Tú le has escrito más cartas de las que crees!

CRISTIÁN.

¡No lo entiendo!

CYRANO.

¡Diablos! Yo me encargué de ello, procurando interpretar su pasión. A veces la escribí sin decirte nada.

CRISTIÁN.

¿Eh?...

CYRANO.

¡Es muy sencillo!

CRISTIÁN.

Pero... ¿cómo pudiste atravesar las líneas si estamos cercados?

CYRANO.

¡Antes del alba!

CRISTIÁN. *(Cruzándose de brazos.)*

¿Y todavía dices que es muy sencillo?... ¿Cuántas veces la he escrito por semana?... ¿Dos... tres... cuatro...?

CYRANO.

¡Más!

CRISTIÁN.

¿Todos los días?

CYRANO.

Todos los días... ¡dos veces!

CRISTIÁN.

¿Tanto te embriagaba el escribirla que desafiabas la muerte?

CYRANO. (*Viendo que Rosana vuelve.*)

¡Calla!... ¡Ni una palabra delante de ella! (*Entra corriendo en su tienda.*)

ESCENA VIII

ROSANA, CRISTIÁN; *al fondo, los cadetes van y vienen preparándose para el combate.* CARBÓN y DE GUICHE *dan órdenes.*

ROSANA. (*Corriendo hacia Cristián.*)

¡Y ahora, Cristián...!

CRISTIÁN. (*Cogiendo sus manos.*)

Y ahora, dime, ¿por qué has venido hasta aquí a través de caminos infernales y cruzando las filas de feroces soldados y veteranos?

ROSANA.

¡Por tus cartas!

CRISTIÁN.

¿Qué dices?

ROSANA.

¡Tanto peor para ti si me arriesgo a esos peligros! ¡Tus cartas me enloquecieron! ¡Ah!... ¡recuerda cuántas me escribiste en un mes, a cual más bella!

CRISTIÁN.

¡Bah! ¡por unas breves cartas de amor!

ROSANA.

¡Calla! ¡no puedes comprenderlo!... ¡Dios mío! Es verdad que desde aquella noche en que, con voz desconocida, comenzaste a enseñarme tu alma, bajo mi ventana, yo te adoraba... pero tus cartas... ¡tus cartas han sido para mí como si desde hace un mes, constantemente, volviera a escuchar la voz de aquella noche... aquella voz tan dulce en la que te ocultabas!... ¡Tanto peor para ti si me arriesgo! ¡Penélope no se hubiera quedado bordando en casa si Ulises le hubiese escrito como tú lo has hecho, sino que, como la alocada Elena, hubiera mandado a paseo las madejas de lana para reunirse con él.

CRISTIÁN.

¡Pero...!

ROSANA.

Las leía y releída una y mil veces: me sentía desfallecer y era cada vez más tuya... Cada hoita que escribías era como un pétalo arrancado de tu alma... En cada una de tus palabras, se sentía la llama de un amor poderoso y sincero...

CRISTIÁN.

¡Ah!... ¿Poderoso y sincero?... ¿Y eso se siente, Rosana?

ROSANA.

¡Claro que se siente!

CRISTIÁN.

Y has venido a...

ROSANA.

¡Mi dueño! Si me pusiese de rodillas ante ti, me levantarías al instante... pero a mi alma, postrada ante ti, ¡nunca podrás levantarla! Vengo a pedirte perdón —y creo que éste es un momento muy oportuno por la proximidad de la muerte— por mi frivolidad al insultarte enamorándome de tu belleza.

CRISTIÁN. *(Con espanto.)*

¡Rosana!

ROSANA.

Y porque más tarde, menos frívola y cual pájaro que salta de rama en rama, te amé porque tu belleza me impresionaba y me arrastraba la pasión de tu alma.

CRISTIÁN.

¿Y ahora?...

ROSANA.

Ahora... ¡ahora te amo sólo por tu alma!

CRISTIÁN. *(Retrocediendo.)*

¡Rosana!

ROSANA.

¡Alégrate! No ser amado más que por lo pasajero debe ser una fortuna para un corazón noble y ambicioso. Tu alma borra tu rostro, y la belleza por la que antes te quería, ya no lo veo.

CRISTIÁN.

¡Oh!

ROSANA.

¿Dudas todavía de tu victoria?

CRISTIÁN.

¡Rosana!

ROSANA.

¿No puedes creer todavía en este amor?

CRISTIÁN.

¡No quiero esa clase de amor! Quiero ser amado simplemente por...

ROSANA.

¿Por lo que hasta ahora te he amado?... ¡No!, ¡déjame que te ame por algo mejor!

CRISTIÁN.

¡No! ¡Mejor era antes!

ROSANA.

¡Ah, no entiendes nada! Ahora es cuando te quiero como se debe amar, ¡ahora es cuando te amo de veras! Te adoro por lo que hace que seas tú... Aunque fueras menos guapo...

CRISTIÁN.

¡Calla!

ROSANA.

...te amaría igual. Si tu belleza desapareciese en un momento...

CRISTIÁN.

¡No digas eso!

ROSANA.

¡Sí! ¡lo digo!

CRISTIÁN.

¿Qué?... ¿Que me querrías aunque fuera feo?...

ROSANA.

Sí, ¡te lo juro!

CRISTIÁN.

¡Dios mío!

ROSANA.

¿No te alegra?

CRISTIÁN. *(Con voz ahogada.)*

¡Sí!

ROSANA.

¿Qué te pasa?

CRISTIÁN. *(Rechazándola suavemente.)*

Nada. Espera un segundo. Tengo que transmitir algunas órdenes.

ROSANA.

Pero...

CRISTIÁN. *(Señalando un grupo de cadetes situados en el fondo.)*

Mi amor ha privado a aquelos desgraciados de tu persona, vete y sonríeles un poco antes de que mueran.

ROSANA. *(Enternecida.)*
¡Cristián querido!

(Se dirige hacia los gascones que se agrupan respetuosamente a su alrededor.)

ESCENA IX

CRISTIÁN, CYRANO, *al fondo* ROSANA, *hablando con* CARBON *y algunos cadetes.*

CRISTIÁN. *(Llamando, hacia la tienda de Cyrano.)*
¡Cyrano!

CYRANO. *(Saliendo, preparado para la batalla.)*
¿Qué hay? ¡Estas pálido!

CRISTIÁN.
¡No me ama!

CYRANO.
¿Cómo es eso?

CRISTIÁN.
¡Es a ti de quien está enamorada!

CYRANO.
¡No!

CRISTIÁN.
¡No ama más que mi alma!

CYRANO.
¡No!

CRISTIÁN.
¡Sí! ¡Ella te quiere y tú también la amas!

CYRANO.
¿Yo?

CRISTIÁN.

¡Lo sé!

CYRANO.

¡Es cierto!

CRISTIÁN.

¡La amas como un loco!

CYRANO.

¡Mucho más!

CRISTIÁN.

¡Díselo!

CYRANO.

¡No!

CRISTIÁN.

¿Por qué?

CYRANO.

¡Mira mi rostro!

CRISTIÁN.

¡Ella me amaría incluso feo!

CYRANO.

¿Te lo ha dicho?

CRISTIÁN.

¡Sí!

CYRANO.

Me alegra mucho que lo haya hecho, pero es un disparate, ¡una insensatez! No lo creas al pie de la letra, no te vuelvas feo, porque entonces te amaría a ti.

CRISTIÁN.

¡Eso es lo que quiero saber!

CYRANO.

¡No, no!

CRISTIÁN.

Que ella escoja. ¡Tienes que, decírselo todo!

CYRANO.

¡No, por favor! ¡Líbrame de tal suplicio!

CRISTIÁN.

¿Quién soy yo para estropear tu felicidad con mi belleza? ¡Es injusto!

CYRANO.

¿Y yo voy a hacer lo mismo contigo por haber recibido al nacer el don de saber expresar lo que tú sientes?

CRISTIÁN.

¡Díselo todo!

CYRANO.

¡Te empeñas en tentarme!

CRISTIÁN.

¡Estoy cansado de llevar en mí mismo un rival!

CYRANO.

¡Cristián!

CRISTIÁN.

Nuestra boda clandestina y sin testigos puede anularse fácilmente si sobrevivimos.

CYRANO.

¡No te empeñes!...

CRISTIÁN.

¡Sí! ¡Quiero ser amado por mí mismo o no ser amado! Voy a ver qué sucede... Llegaré hasta el final de nuestras líneas y volveré... Mientras tanto, díselo todo. ¡Que ella elija uno de los dos!

CYRANO.

¡Tú serás el elegido!

CRISTIÁN.

¡Eso espero! *(La llama.)* ¡Rosana!

CYRANO.

¡No, no!

ROSANA. *(Acudiendo.)*

¿Qué quieres?

CRISTIÁN.

Cyrano tiene que decirte algo importante.

(Rosana se acerca a Cyrano. Cristián sale de escena.)

ESCENA X

ROSANA, CYRANO; *después* LE BRET, CARBON DE CASTEL-JALOUX, *los cadetes,* RAGUENEAU, DE GUICHE, *ect.*

ROSANA.

¿Algo importante?

CYRANO. *(Desconcertado.)*

¡Se ha ido! *(A Rosana.)* ¡Nada! ¡Deberíais conocerle!... Da demasiado importancia a todas las cosas.

ROSANA. *(Con calor.)*

¿Duda quizá de lo que acabo de decirle? Me ha parecido ver eso...

CYRANO. *(Cogiéndole las manos.)*

Pero, ¿le habéis dicho la verdad?

ROSANA.

¡Claro! Le amaría incluso siendo... *(Duda un momento.)*

CYRANO. *(Sonriendo tristemente.)*

¿Os molesta decir esa palabra delante de mí?

ROSANA.

¡Oh!

CYRANO.

No os preocupéis, ¡no me hará daño! ¿Incluso siendo feo?

ROSANA.

¡Incluso siendo feo! (*Disparos de mosquete fuera.*) ¡Vaya!... ¡han empezado a disparar!

CYRANO. (*Ardientemente.*)

¿Aunque fuese horrible?

ROSANA.

¿Aunque fuese horrible?

CYRANO.

¿Aunque su rostro estuviese desfigurado?

ROSANA.

¡Aunque resultara grotesco?

ROSANA.

¡Nada podría hacer que me lo pareciese!

CYRANO.

¿Le amaríais aún?

ROSANA.

¡Más si cabe!

CYRANO. (*Perdiendo la cabeza, aparte.*)

¡Dios mío!... ¡es cierto! ¡Aquí está mi felicidad! (*A Rosana.*) ¡Rosana, escuchadme! Yo...

LE BRET. (*Entrando con rapidez y llamando a media voz.*)

¡Cyrano!

CYRANO. (*Volviéndose.*)

¿Qué?

LE BRET.

¡Calla! (*Le dice algo al oído.*)

CYRANO. (*Soltando la mano de Rosana, con un grito.*)

¡Ay!

ROSANA.

¿Qué sucede?

CYRANO. (*A sí mismo, con estupor.*)

¡Todo se acabó!

(*Nuevos disparos.*)

ROSANA.

¿Qué para ahora?... ¿Quién dispara?... (*Sube al foro y mira afuera.*)

CYRANO.

¡Ya nunca se lo podré decir! ¡Todo se acabó!

ROSANA. (*Queriendo salir.*)

¿Que ha sucedido?

CYRANO. (*Deteniéndola.*)

¡Nada!

(*Los cadetes han entrado ocultando algo que traen. Algunos forman un grupo para impedir que Rosana se aproxime.*)

ROSANA.

Y... ¿esos hombres?

CYRANO. (*Alejándola.*)

¡Dejadlos!

ROSANA.

¿Qué ibais a decirme?

CYRANO.

¿Qué iba a deciros?... ¡nada! Nada, os lo juro. (*Con solemnidad.*) ¡Juro que el espíritu y el alma de Cristián eran... (*Corrigiéndose con terror.*) son los más grandes!

ROSANA.

¿Eran?... (Grita.) ¡Ay!

(*Se lanza hacia el grupo y se abre paso entre los cadetes.*)

CYRANO.

¡Todo se acabó!

ROSANA. *(Al ver a Cristiáán envuelto en su capote.)*
¡Cristián!

LE BRET. *(A Cyrano.)*
¡Fue el primer disparo del enemigo!

*(Rosana se arroja sobre el cuerpo de Cristián. Nuevos dis
paros. Ruidos. Rumores. Los tambores baten.)*

CARBON. *(Empuñando la espada.)*
¡Nos atacan! ¡Todos a los mosquetes! *(Seguido por sus
hombres se dirige hacia la otra parte del talud.)*

ROSANA.
¡Cristián!

VOZ DE CARBON. *(Detrás del talud.)*
¡Apresuraos!

ROSANA.
¡Cristián!

CARBON.
¡En línea!

ROSANA.
¡Cristián!

CARBON.
¡Colocad las mechas!

(Ragueneau acude trayendo agua en un casco.)

CRISTIÁN *(Con voz de moribundo.)*
¡Rosana!

CYRANO. *(Deprisa y en voz baja, al oído de Cristián, mientras Rosana, enloquecida, moja en el agua un trozo de tela
que se arranca del pecho.)*
¡Se lo he dicho todo!... ¡es a ti a quien ama!

(Cristián cierra los ojos.)

ROSANA.
¡Amor mío!

CARBON. *(Siempre desde fuera.)*
¡Baquetas altas!

ROSANA. *(A Cyrano.)*
¿Está muerto?

CARBON.
¡Abrid las cargas con los dientes!

ROSANA.
¡Sus mejillas están frías!

CARBON.
¡Apunten!

ROSANA.
¡Una carta! *(La abre.)* ¡Es para mí!

CYRANO. *(Aparte.)*
¡Mi carta!

CARBON.
¡Fuego!

(Disparos de mosquetes; gritos, ruido de lucha.)

CYRANO. *(Intentando desasir su mano de las de Rosana que está arrodillada.)*
¡Rosana, déjame!... ¡el combate ha empezado!

ROSANA. *(Reteniéndole.)*
¡Quedaos un poco más! Está muerto y únicamente vos le conocíais bien. *(Llora dulcemente.)* ¿Verdad que era un ser exquisito y maravillosos?

CYRANO. *(De pie y con la cabeza descubierta.)*
¡Sí, Rosana!

ROSANA.
¡Sí Rosana!

ROSANA.
¿Un poeta sublime y adorable?

CYRANO.
¡Sí, Rosana!

ROSANA.

¿Un ingenio inaudito?

CYRANO.

¡Sí, Rosana!

ROSANA.

¿Un corazón profundo, desconocido por los profanos y un alma grande y seductora?

CYRANO. *(Firmemente.)*

¡Sí, Rosana!

ROSANA. *(Arrojándose sobre el cuerpo de Cristián.)*

¡Está muerto!

CYRANO. *(Aparte, sacando su espada.)*

¡Sólo morir me resta, porque sin saberlo, al que llora es a mí!

(Trompetas a lo lejos.)

DE GUICHE. *(Apareciendo sobre el talud, sin casco, herido en la frente; dice con voz tonante:)*

¡La señal convenida! ¡Las trompas de metal! ¡Los franceses vuelven con víveres! ¡Resistid, resitid un poco más!

ROSANA.

¡En su carta, manchada de sangre, hay señales de llanto!

UNA VOZ. *(Desde fuera.)*

VOZ DE LOS CADETES.

¡No!

RAGUENEAU. *(Que subido en la carroza contempla la batalla por encima del talud.)*

¡El peligro va creciendo!

CYRANO. *(A De Guiche, señalando a Rosana.)*

¡Lleváosla de aquí! ¡Voy a lanzarme contra ellos!

ROSANA. *(Besando la carta, con voz moribunda.)*

¡Su sangre!... ¡Sus lágrimas!...

RAGUENEAU. *(Saltando de la carroza y corriendo hacia Rosana.)*
¡Se va a desmayar!

DE GUICHE. *(Sobe el talud, a los cadetes, con rabia.)*
¡Resistid!

UNA VOZ. *(Desde fuera.)*
¡Rendid las armas!

VOZ DE LOS CADETES.
¡No!

CYRANO. *(A De Guiche.)*
Señor, ya habéis demostrado vuestro valor en el combate.
(Señalando a Rosana.) ¡Huid y salvadla!

DE GUICHE. *(Corre hacia Rosana y la levanta en brazos.)*
¡Sea! ¡Nuestra única posibilidad de victoria está en que ganéis tiempo!

CYRANO.
¡Lo ganaremos! *(Grita hacia Rosana a la que De Guiche, ayudado por Ragueneau, lleva desvanecida.)* ¡Adiós, Rosana!

(Tumulto, gritos. Algunos cadetes reaparecen heridos y vienen al escenario a caer. Cyrano, que se lanzaba al combate, es detenido en la cima del talud por Carbon de Castel-Jaloux, cubierto de sangre.)

CARBON.
¡Nos replegamos! ¡Me han herido dos veces!

CYRANO. *(A los gascones, gritándoles en gascón.)*
¡«Hardin»! ¡«Recules pas, drollos»! *(A Carbon, al que sostiene.)* ¡No temáis! ¡Tengo dos muertes que vengar: la de Cristián y la de mi ilusión! *(Bajan. Cyrano empuña la lanza a la que está atado el pañuelo de Rosana.)* ¡Que esta bandera de encaje flote al viento! *(La clava en el suelo y grita a los cadetes.)* ¡«Toumbé dessus»! ¡«Escrasas lous»! *(Al flautista.)* ¡Que suene el pífano!

(El flautista toca. Los heridos se levantan. Los cadetes bajan atropellándose por el talud y se agrupan alrededor de Cyrano y de la bandera de encaje. La carroza se cubre y se llena de hombres, transformándose al instante en un reducto erizado de arcabuces.)

UN CADETE. *(Aparece de espaldas, en lo alto del talud, batiéndose y gritando.)*

¡Están escalando el talud! *(Cae muerto.)*

CYRANO.

¡Les recibiremos como se merecen!

(En un momento el talud se corona de una terrible hilera de enemigos. Los estandartes de los Imperiales ondean por encima de sus cabezas.)

CYRANO.

¡Fuego!

(Descarga general.)

GRITO. *(En las filas enemigas.)*

¡Fuego!

(Respuesta mortífera. Los cadetes caen por todas partes.)

UN OFICIAL ESPAÑOL. *(Descubriéndose.)*

¿Quienes son estos hombres que se hacen matar?

CYRANO. *(Recitando en pie, en medio de las balas.)*

¡Estos son los cadetes de Gascuña
con Carbon, su capitán!
¡Luchadores, mentirosos!

(Se lanza contra los españoles seguido por algunos supervivientes.)

Nobles, firmes...

(Lo demás se pierde en el fragor de la batalla.)

TELÓN

ACTO QUINTO

La gaceta de Cyrano

Quince años después, en 1655. Parque del convento que las Damas de la Cruz ocupaban en París.

Magníficas alamedas. A la izquierda, la casa. Gran escalinata sobre la cual se abren numerosas puertas. En medio del escenario, un árbol, aislado en el centro de una plazuela ovalada. A la derecha, en primer término y entre enormes matorrales, un banco de piedra semicircular.

El fondo del teatro se halla atravesado por una avenida de castaños que termina en la parte derecha, en cuarto plano, junto a la puerta de la capilla, que se vislumbra entre las ramas. A través de la doble cortina de árboles de esta avenida, se percibe el suelo cubierto de césped, otras avenidas, bosques, la última porción del parque, y el bosque.

En la capilla se abre un apuerta lateral sobre una columna de guirnaldas de vid roja que se pierde por la derecha y en primer plano detrás de los matorrales.

Otoño. El ramaje cobra un color rojo por encima de la hierba fresca. Manchas sombrías de los matorrales y los tejos que permanecen verdes. Hojas amarillentas amontonadas al pie de los árboles, cubriendo casi todo el escenario, la escalinata y los bancos, y que crujen cuando alguien las pisa.

Entre el banco de la derecha y el árbol, un gran bastidor de bordar ante el que han colocado una sillita. Cestos de costura llenos de madejas y ovillos. El tapiz está empezado.

Al levantarse el telón, monjas que pasean por el parque; otras, sentadas en el banco, en torno a una de mayor edad. Las hojas caen.

ESCENA I

La madre Margarita, Sor Marta, Sor Clara y *las monjas.*

Sor Marta. *(A la madre Margarita.)*
¡Sor Clara se ha mirado dos veces al espejo para ver cómo le sentaba la toca!

Madre Margarita. *(A Sor Clara.)*
¡Eso está muy mal!

Sor Clara,
Y sor Marta ha cogido una ciruela de la tarta de esta mañana: yo la vi.

Madre Margarita. *(A sor Marta.)*
¡Eso también está muy mal!

Sor Clara.
¡Oh!... ¡por una miradita!

Sor Marta.
¡Y por una ciruelilla de nada!

Madre Margarita. *(Con severidad.)*
Se lo diré esta tarde al Señor Cyrano.

Sor Clara. *(Atemorizada.)*
¡No!... ¡Se burlará de nosotras!

Sor Marta.
¡Dirá que las monjas somos muy coquetas!

Sor Clara.
¡Y muy golosas!

MADRE MARGARITA. *(Sonriendo.)*

¡Y muy buenas!

SOR CLARA.

¿Es verdad, madre Margarita de Jesús, que el señor Cyrano viene todos los sábados desde hace lo menos diez años?

MADRE MARGARITA.

¡Desde más! Desde que su prima mezcló a nuestras tocas el duelo mundano de su velo; desde que, hace catorce años, se abatió como un pájaro negro entre pájaros blancos, su primo no ha faltado ni un solo sábado.

SOR MARTA.

¡Desde que se encerró en este claustro sólo él sabe mitigar su pena, que no decrece con el tiempo!

TODAS LAS MONJAS.

¡Es tan extraño!... ¡Qué divertido cuando viene!... ¡Nos molesta con sus bromas!... ¡Es muy galante!... ¡Le queremos mucho!... ¡Tenemos que prepararle un día pasteles de ángel!...

SOR MARTA.

¡Pero no es buen cristiano!

SOR CLARA.

¡Nosotras le convertiremos!

LAS MONJAS.

¡Eso!... ¡Eso!... ¡Nosotras le convertiremos!...

MADRE MARGARITA.

¡Os prohíbo intentar cualquier cosa en ese sentido, hijas mías! No le atormentéis, porque podría dejar de venir.

SOR MARTA.

Pero Dios...

MADRE MARGARITA.

¡Tranquilizaos, hermana!... ¡Dios le conoce bien!

SOR MARTA.

¡Todos los sábados, cuando llega, me dice con orgullo: «Hermana, ayer comí carne de cerdo»!

MADRE MARGARITA.

¡Ah!... ¿con que eso os dice?... ¡Pues la última semana no había comido desde hacía dos días!

SOR MARTA.

¡No puede ser!

MADRE MARGARITA.

¡Es muy pobre!

SOR MARTA.

¿Quién os lo ha dicho?

MADRE MARGARITA.

¡El señor Le Bret!

SOR MARTA.

¿Y nadie le ayuda?

MADRE MARGARITA.

¡No, porque se molestaría!

(Por una avenida del fondo, se ve aparecer a Rosana, vestida de negro, con el tocado de las viudas y largos velos, De Guiche, muy envejecido, camina a su lado. Pasean lentamente. La madre Margarita se levanta.)

MADRE MARGARITA.

¡Vamos! Hay que volver... Sor Magdalena tiene una visita y están paseando por el parque.

SOR MARTA. *(En voz baja, a sor Clara.)*

¿Es ese el duque-mariscal de Grammont?

SOR CLARA.

Me parece que sí.

SOR MARTA.

¡Pues no ha venido a verla desde hace dos meses!

Las monjas.

¡Está muy ocupado!... ¡La corte!... ¡El campo!...

Sor Clara.

¡Los cuidados del mundo!...

(Las monjas salen. De Guiche y Rosana bajan en silencio y se detienen ante el bastidor. Pausa.)

ESCENA II

Rosana, El duque de Grammont, *antiguo conde de Guiche; después* Le Bret y Ragueneau.

El duque.

¿Y permaneceréis aquí, vanamente hermosa y siempre en duelo?

Rosana.

¡Siempre!

El duque.

¿Y fiel también?

Rosana.

¡También!

El duque. *(Tras una pausa.)*

¿Me habéis perdonado?

Rosana. *(Con sencillez, mirando la cruz del convento.)*

¡Desde que estoy aquí!

(Nuevo silencio.)

El duque.

¿De verdad era un ser tan...?

Rosana.

¡Había que conocerle!

EL DUQUE.

¡Ah, había que...! ¡Quizás sea que yo le conocí poco...! ¿Y seguís llevando sobre vuestro corazón su última carta de amor?

ROSANA.

¡Entre estos velos, como un escapulario!

EL DUQUE.

¿Le amáis incluso después de muerto?

ROSANA.

A veces me parece que no está muerto más que a medias, que nuestros corazones siguen juntos y que su amor flota, todavía vivo, junto a mí.

EL DUQUE. *(Tras una nueva pausa.)*

Y Cyrano, ¿sigue viniendo a veros?

ROSANA.

Sí, con bastante frecuencia. Ese viejo amigo es mi gaceta particular. Viene con regularidad y, si hace buen tiempo, coloca su sillón bajo el árbol donde vos estáis. Yo le espero bordando. Suenan las campanas de la hora y a la última oigo, sin necesidad de volverme, su bastón que baja por la escalinata. Se sienta y sonríe burlonamente por mi tapiz interminable... Me cuenta la crónica de la semana y... *(Le Bret aparece en la escalinata.)* ¡Vaya!... ¡Le Bret!... *(Le Bret desciende.)* ¿Cómo le va a vuestro amigo?

LE BRET.

¡Mal!

EL DUQUE.

¡Oh!

ROSANA. *(Al duque.)*

¡Bah, exagera!

LE BRET.

Todo lo que yo predije: el abandono, la miseria... Sus epístolas censorias siguen creándole nuevos enemigos. Ataca a los falsos nobles, a los falsos devotos, a los falsos valientes, a los plagiarios... ¡a todo el mundo!

ROSANA.

Pero su espada inspira un profundo terror y no se atreverán nunca a hacer nada contra él.

EL DUQUE. *(Meneando la cabeza.)*

¿Quién sabe?

LE BRET.

No teme los ataques: La soledad, el hambre, diciembre entrando a paso de lobo en su oscura habitación... ¡estos son los espadachines que le matarán! Cada día aprieta un poco más su cinturón y su pobre nariz ha tomado el color del marfil viejo. No tiene más vestido que uno viejo de sarga negra.

EL DUQUE.

¿No era eso lo que buscaba? Entonces, no le compadezcáis demasiado.

LE BRET. *(Con una sonrisa amarga.)*

¡Señor mariscal!

EL DUQUE.

No, ¡no le compadezcáis demasiado! Ha vivido sin pactos, siempre libre de pensamiento y en todos los actos de su vida.

LE BRET. *(Lo mismo.)*

¡Señor duque!

EL DUQUE. *(Con altivez.)*

Ya sé que soy poderoso y que él no tiene nada, pero creedme, le daría muy a gusto un apretón de manos. *(Saludando a Rosana.)* ¡Tengo que deciros adiós!

ROSANA.

¡Os acompaño!

(El duque saluda a Le Bret y se dirige con Rosana hacia la escalinata.)

EL DUQUE. *(Deteniéndose mientras ella sube.)*

¡He de confesaros que a veces le envidio. Cuando se ha conseguido triunfar en la vida, se siente, incluso sin haber cometido villanías, mil pequeños disgustos de uno mismo, que, en conjunto, no causan remordimiento, pero sí una molestia oscura. Los mantos ducales, mientras se suben los escalones que llevan al poder, arrastran entre sus forros un ruido de ilusiones secas y de pesares, como cuando al subir lentamente hacia esa puerta, vuestro vestido enlutado arrastra las hojas secas.

ROSANA. *(Irónica.)*

¡Oh!... ¿Os habéis vuelto soñador?

EL DUQUE.

¡Sí! *(En el momento de salir añade bruscamente.)* ¡Señor Le Bret!... *(A Rosana.)* ¿Me permitís?... ¡Sólo unas palabras. *(Se dirige hacia Le Bret y le dice a media voz.)* ¡Es verdad, nadie se atreverá a atacar frente a frente a vuestro amigo; pero muchos le odian y ayer, jugando en el palacio, alguien me decía medio en broma: «Ese Cyrano podría morir de un accidente.»

LE BRET.

¿Cómo?

EL DUQUE.

Sí. Que salga poco y, sobre todo, que sea muy prudente.

LE BRET. *(Levantando los brazos al cielo.)*

¡Prudente! ¡Está al llegar y le advertiré, pero...

ROSANA. *(Que ha permanecido en la escalinata, se dirige a una hermana que avanza hacia ella.)*

¿Quién es?

LA MONJA.

Ragueneau quiere veros, señora.

ROSANA.

¡Que pase! *(Al duque y a Le Bret.)* ¡Vendrá a contarnos sus penas! Después de haber sido en tiempos pasados poeta, se convirtió en cantor de coro!...

LE BRET.

Bañista...

ROSANA.

Actor..

LE BRET.

Bedel...

ROSANA.

Peluquero...

LE BRET.

Músico...

ROSANA.

¿Qué será ahora?

RAGUENEAU. *(Entrando precipitadamente.)*

¡Ah, señora! *(Ve a Le Bret.)* ¡Caballero!

ROSANA. *(Sonriendo.)*

Contad vuestras penas a Le Bret. ¡Vuelvo en seguida!

RAGUENEAU.

Pero, señora...

(Rosana sale sin escucharle con el duque. Ragueneau baja hacia Le Bret.)

ESCENA III

LE BRET y RAGUENEAU.

RAGUENAU.

¡Mejor! Ya que estáis aquí, prefiero que ella no lo sepa. Hace poco, fui a ver a nuestro amigo. Me encontraba ya a unos veinte pasos de su casa, cuando le vi salir. Iba a doblar una esquina de la calle... Corrí hacia él y, de repente, desde una ventana bajo la que pasaba... —¿podéis creer en la casualidad?— ¡un lacayo dejó caer un madero!

LE BRET.

¡Cobardes!... ¿Y Cyrano?

RAGUENEAU.

Me llego a él y le veo...

LE BRET.

¡Es horrible!

RAGUENEAU.

¡Nuestro amigo Cyrano, nuestro gran poeta, estaba tendido en el suelo, con una gran brecha en la cabeza!

LE BRET.

¿Ha muerto?

RAGUENEAU.

No, pero... ¡Dios mío! Le llevé a su habitación... ¡qué habitación!... ¡aquello parece un tugurio!

LE BRET.

¿Sufre?

RAGUENEAU.

No, porque está sin conocimiento.

LE BRET.

¿Llamastéis a un médico?

RAGUENEAU.

Vino uno por hacerme un favor.

LE BRET.

¡Pobre Cyrano!... ¡No le digamos nada de esto a Rosana! ¿Y qué dijo el médico?

RAGUENEAU.

Habló... no sé de qué... ¡de fiebre... de meninges!...

¡Ah, si le vieseis!... ¡Tiene toda la cabeza vendada!... ¡Corramos!... No hay nadie a su cabecera y, si se levantase, podría morir.

LE BRET. *(Arrastrándole hacia la derecha.)*
¡Vamos por allí!... ¡es más corto!... ¡Por la capilla!...

ROSANA. *(Apareciendo sobre la escalinata y viendo a Le Bret alejarse por la columnata que lleva a la puertecilla de la iglesia.)*
¡Señor Le Bret!... ¡Señor Le Bret!... *(Le Bret y Ragueneau escapan sin contestar.)* ¿Desde cuando Le Bret se marcha cuando le llaman? ¡Alguna historia de ese buenazo de Raguenau! *(Baja la escalinata.)*

ESCENA IV

ROSANA, sola; *después dos monjas un instante.*

ROSANA.
¡Ah! ¡qué bello día de septiembre!... Mi tristeza que en abril comienza a crecer, llegado el otoño sonríe y se hace más llevadera. *(Se sienta frente a su labor. Dos monjas salen de la casa y colocan un gran sillón bajo el árbol.)* ¡Ah!... ¡ya está aquí el sillón donde se sienta mi buen amigo!

SOR MARTA.
¡Es el mejor del locutorio!

ROSANA.
¡Gracias, hermanas! *(Las monjas se alejan.)* ¡Tiene que estar al llegar!... *(Se sienta. Las camapanas dan la hora.)* ¡Ya es la hora! ¡Mis madejas!... ¿Cómo? ¿han terminado las campanadas y el bastón...? ¡Me extraña!... Se va a retrasar por primera vez. ¡Ah!, la hermana tornera estará exhortándole a la penitencia... *(Pausa.)* Seguro... ¡no puede tardar ya! ¡Vaya!,

una hoja muerta... *(Empuja con el dedo la hoja que había caído sobre su labor.)* ¡De otra forma, nada podría detenerle! ¿Dónde estarán mis tijeras?... ¡Ah, en la bolsa!

UNA MONJA. *(Apareciendo en lo alto de la escalinata.)*
   ¡El señor de Bergerac!

ESCENA V

ROSANA, CYRANO y, *un instante,* SOR MARTA.

ROSANA. *(Sin volverse.)*
   ¿No lo decía yo?... *(Se pone a bordar. Cyrano entra muy pálido y con el sombrero hundido hasta los ojos. La hermana que le ha introducido vuelve a salir. Cyrano comienza a descender la escalinata lentamente, con un visible esfuerzo por mantenerse en pie y apoyándose sobre su bastón. Rosana sigue trabajando en su tapiz.)* ¡Ah!, estos colores están pálidos... ¿Cómo les podría devolver toda su fuerza?... *(En un tono burlón y amigable, dice cuando Cyrano llega.)* ¡En catorce años, llegáis tarde por primera vez!

CYRANO. *(Que se ha sentado en su sillón, con voz alegre que contrasta con la expresión de su rostro.)*
   ¡Sí, y lo siento... pero me obligaron!

ROSANA.
   ¿Quién?

CYRANO.
   ¡Una visita bastante inoportuna!

ROSANA. *(Distraída y trabajando.)*
   ¿Sí?... ¡Algún pesado!

CYRANO.
   ¡Una pesada, prima!

ROSANA.

¿La dejasteis?

CYRANO.

Sí, le dije: «Perdonadme, pero hoy es sábado y tengo una visita a la que no puedo faltar. ¡Volved dentro de una hora!»

ROSANA. *(Con sencillez.)*

Pues tendrá que esperar si quiere veros. No os dejaré partir antes de que anochezca.

CYRANO. *(Con dulzura.)*

¡Quizá tenga que marcharme un poco antes!

(Cierra los ojos y permanece un instante callado. La hermana Marta atraviesa el parque, desde la capilla a la escalinata. Rosana al verla, le hace un gesto de saludo con la cabeza.)

ROSANA. *(A Cyrano.)*

¿Gastáis bromas a sor Marta?

CYRANO. *(Con rapidez, abriendo los ojos.)*

¡Claro! *(Con voz fuerte y cómica.)* ¡Sor Marta! ¡Sor Marta! Acercaos un momento. *(La hermana se desliza hacia él.)* ¡Ja, ja, ja!. Hermana, ¿me podéis decir por qué esos bellos ojos están siempre bajos?

SOR MARTA. *(Alzando los ojos y sonriendo.)*

Pero... *(Al ver su rostro hace una mueca de asombro.)* ¡Oh!

CYRANO. *(En voz baja, señalando a Rosana.)*

¡Chiss!... No psa nada! *(Con voz fanfarrona y alta.)* ¡Ayer, hermana, comí carne de cerdo!

SOR MARTA.

¡Ya lo sé; *(Aparte.)* ¡Por eso está tan pálido! *(Aprisa y en voz baja.)* Cuando queráis os pasáis por el refectorio y os daré un tazón de caldo... ¿Vendréis?

CYRANO.

¡Sí, claro!

SOR MARTA.

¡Estáis hoy algo más razonable!

ROSANA. *(Que les oye cuchichear.)*

¿Trata de convertiros?

SOR MARTA.

¡No lo intento siquiera!

CYRANO.

¡Vaya, es verdad!... Vos, que tanto me sermoneáis siempre, no me habéis dicho nada en ese sentido... *(Con repentino furor.)* Yo también quiero daros otra sorpresa... Os permito que... *(hace gestos como buscando algo que moleste a la hermana)* os va a resultar demasiado nuevo lo que voy a deciros, pero... ¡os permito que esta noche roguéis por mí en la capilla!

ROSANA.

¡Oh!... ¡oh!...

CYRANO. *(Riendo.)*

¡Sor Marta se ha quedado asombrada!

SOR MARTA. *(Con dulzura.)*

¡Ya lo hice, sin pediros permiso! *(Sale.)*

CYRANO. *(Volviéndose hacia Rosana, inclinada en su labor.)*

¿Todavía con el tapiz?... ¡Al diablo si le veo terminado algún día!

ROSANA.

¡Espera una frase sobre él!

(En este instante un poco de brisa hace caer las hojas.)

CYRANO.

¡Las hojas!

ROSANA. *(Levantando la cabeza y mirando a lo lejos, hacia las avenidas.)*

Tiene un color de oro veneciano. ¡Mirad como caen!

CYRANO.

¡Qué bien lo hacen!... En este trayecto tan corto de la rama a la tierra, ¡qué bien saben mostrar su postrera belleza! A pesar de su espanto por pudrirse en el suelo, intentan que su caída se convierta en un vuelo.

ROSANA.

¿Melancólico?

CYRANO. *(Reportándose.)*

¡Nada de eso, Rosana!

Rosana.

¡Vamos!, dejad de mirar cómo caen las hojas y contadme qué hay de nuevo, ¡Mi gaceta!

CYRANO.

¡Ahora mismo!

ROSANA.

Cuando queráis, podéis empezar.

CYRANO. *(Más pálido cada vez y luchando contra el dolor.)*

Sábado diecinueve: después de haberse comido varios platos de uvas de Cette, el rey cayó enfermo. ¡Su enfermedad fue condenada por lesa majestad a dos sangrías y ya el augusto pulso ha abandonado la fiebre! El domingo, en el baile celebrado en el palacio de la reina, se quemaron setecientos sesenta y cuatro hachones de cera. Se comentó que nuestras tropas se batieron con Don Juan de Austria: colgaron a cuatro brujas, el perrito de la señora Athis tuvo un quiste...

ROSANA.

Señor de Bergerac, ¿queréis callaros?

CYRANO.

El lunes... ¡nada! Lygdamira cambió de amante.

ROSANA.

¡Oh!

CYRANO. *(Cuyo rostro se altera paulatinamente.)*

Martes: la Corte fue a Fontainebleau. Miércoles: la Montglat dijo al conde de Fiesque: «¡No!». Jueves: Mancini, reina de Francia... o casi. Viernes, veinticinco: La Montglat dijo al conde de fiesque «¡Sí!». Sábado, veintiséis...

(Cierra los ojos, su cabeza cae. Silencio.)

ROSANA. *(Sorprendida por no oír nada, se vuelve, le mira y se levanta asustada.)* ¿Se habrá desvaneciodo?) *Corre hacia él, gritando.)* ¡Cyrano!

CYRANO. *(Volviendo a abrir los ojos, con voz vaga.)*

¿Qué?... ¿qué?... ¿qué pasa?... *(Viendo a Rosana inclinada sobre él y asegurando rápidamente el sombrero sobre su cabeza y retrocediendo con terror en su sillón.)*

¡No, no!... ¡os aseguro que no me pasa nada! ¡Dejadme!...

ROSANA.

Pero si...

CYRANO.

Es mi herida de Arrás... Ya sabéis... a veces...

ROSANA.

¡Pobre amigo mío!

CYRANO.

¡Bah!... no es nada... Ya va pasando. *(sonríe con esfuerzo.)* ¿veis? ¡Ya pasó todo!

ROSANA. *(En pie, junto a él.)*

¡Cada uno de nosotros tiene una herida: yo, la mía... ¡Esta vieja herida, sin embargo, está siempre viva! *(Pone su mano sobre el pecho.)* ¡Está aquí, bajo una carta de papel amarillento, donde aún se pueden ver lágrimas y sangre!

(El crepúsculo va cayendo.)

CYRANO.

¡Su carta!... ¿No me prometisteis dejármela leer algún día?

Rosana.

Sí. ¿Lo deseáis?... ¿Deseáis leer su carta?

Cyrano.

Sí. Quiero leerla... ¡hoy!

Rosana. *(Dándole la bolsita que pende de su cuello.)*
Tomadla.

Cyrano. *(Cogiéndola)*
¿Puedo abrirla?

Rosana.

Sí. ¡Podéis leerla también!

(Ella vuelve a su labor y se entretiene replegando y ordenando sus lanas.)

Cyrano. *(Leyendo.)*
«Rosana, adiós. ¡voy a morir!...

Rosana. *(Deteniéndose asombrada.)*
¿Pero en voz alta?

Cyrano. *(Continuando su lectura.)*
«Esta tarde, amada mía, tengo el corazón lleno de amor no expresado... ¡y voy a morir! Nunca, jamás mis ojos embriagados, mis miradas alegres...»

Rosana.

¡Cómo leéis esa carta!...

Cyrano.

«...alegres de amor, no volverán a besar al vuelo vuestros gestos... ¡os envío en esta carta el beso acostumbrado para que, por mí, él toque vuestra frente! Quisiera gritar...»

Rosana. *(Turbada.)*
¡Cómo leéis esta carta!

(La noche cae insensiblemente.)

Cyrano.

«... y grito: ¡Adiós!»

ROSANA.

¡La leéis...!

CYRANO.

«¡Querida! ¡Amada mía! ¡Mi tesoro!...»

ROSANA. *(Soñadora.)*

¡...Con una voz...!

CYRANO.

«¡Amor mío...»

ROSANA.

¡...Con una voz...! *(Se estremece.)* Pero... ¡no es la primera vez que yo oigo esa voz!

(Se acerca suavemente sin que Cyrano se dé cuenta, pasa por detrás de su sillón, se inclina sin ruido, mira la carta. La sombra aumenta.)

CYRANO.

«...Mi corazón no os abandona un instante. Soy y seré siempre, hasta enm el otro mundo, el que os ame sin medida, el que...»

ROSANA. *(Poniéndole la mano en los hombros.)*

¿Cómo podéis leer ahora? ¡Es de noche! *(Él se estremece, se vuelve, la ve junto a sí, hace un gesto de emoción y baja la cabeza. Larga pausa. Después, cuando ya la oscuridad es completa, Rosana añade lentamente, juntando las manos.)* Y durante catorce años, habéis desempeñado el papel del viejo amigo que viene para ser simpático!...

CYRANO.

¡Rosana!

ROSANA

¿Erais vos?

CYRANO.

¡No, Rosana, no!

ROSANA.

Hubiera debido adivinarlo cuando él decía mi nombre.

CYRANO.

¡No! ¡No era yo!

ROSANA.

¡Erais vos!

CYRANO.

¡Os juro...!

ROSANA.

Adivino toda esta impostura generosa. ¡Las cartas eran vuestras!

CYRANO.

¡No!

ROSANA.

¡Aquellas palabras amorosas y ardientes eran vuestras!

CYRANO.

¡No!

ROSANA.

¡Aquella voz en la oscuridad era vuestra!

CYRANO.

¡Os juro que...!

ROSANA.

Y el alma... ¡el alma era la vuestra!

CYRANO.

¡Yo nunca os amé!

ROSANA.

¡Vos me amasteis!

CYRANO. *(Debatiéndose.)*

¡Era el otro!

ROSANA.

¡Vos me amasteis!

CYRANO. *(Con voz débil.)*

¡No!

ROSANA.

¡Ya lo decís más bajo!

CYRANO.

¡No!... No, amor mío... ¡yo nunca os amé!

ROSANA.

¡Ay!... ¡cuántas cosas ya muertas vuelven a renacer... ¿Por qué habéis callado durante catorce años si las lágrimas de esta carta no eran de él sino vuestras?

CYRANO. *(Tendiéndole la carta.)*

¡Pero la sangre era suya!

ROSANA.

Entonces, ¿por qué romper hoy ese sublime silencio?

CYRANO.

Porque...

(Le Bret y Ragueneau entran corriendo.)

ESCENA VI

Los mismos, LE BRET y RAGUENEAU.

LE BRET.

¡Qué imprudencia!... ¡Ya lo decía yo!... ¡Seguro que estaba aquí!

CYRANO. *(Sonriendo e irguiéndose.)*

¡Vaya!

LE BRET.

Señora, ¡al salir de la cama, él mismo se ha matado!

ROSANA.

¡Dios mío!... Entonces ¿esa debilidad, esa...?

CYRANO.

¡Es verdad! ¡No terminé con mi gaceta! Y el sábado, veintiséis, una hora antes de la cena, el señor de Bergerac fue asesinado.

(Se descubre y aparece su cabeza completamente vendada.)

ROSANA.

¿Qué dice?... ¡Cyrano!... ¡Tiene la cabeza vendada!... ¿Ay, qué os han hecho? ¿Por qué?

CYRANO.

«Morir con la punta de la espada de un héroe en el corazón...» Sí, yo decía eso...! Qué burla la del destino!... ¡Resulta que me han matado en una emboscada, por la espalda y a manos de un lacayo que me arrojó un madero! ¡Está muy bien! ¡Por no acertar, no acerté siquiera con mi muerte!

RAGUENEAU.

¡Ay, señor Cyrano!

CYRANO.

Ragueneau, ¡no llores tan fuerte! *(Le tiende las manos.)*
¿En qué trabajas ahora, amigo mío?

RAGUENEAU. *(Bañado en lágrimas.)*

Me encargo de despabilar las velas en el teatro de Molière.

CYRANO.

¡Molière!

RAGUENEAU.

Pero desde mañana abandonaré ese oficio: ¡estoy indignado! Ayer, en la representación de «Scapin», me di cuenta de que os ha plagiado una escena.

LE BRET.

¡Una escena completa!

RAGUENEAU.

Aquella famosa: «¿Qué diablos iba a hacer...?»

LE BRET. *(Furioso.)*

¡Molière te ha plagiado!

CYRANO.

¡Callad! ¡callad! ¡Ha hecho bien! *(A Ragueneau.)* Produce efecto la escena, ¿verdad?

RAGUENEAU.

La gente ríe muchísimo.

CYRANO.

¡Sí!... Mi vida no fue más que un servir de apuntador a los demás y luego ser olvidado. *(A Rosana.)* ¿Os acordáis de la noche en que Cristián os habló bajo vuestro balcón? Pues bien: toda mi vida puede resumirse en eso: Mientras que yo permanecía abajo, en la sombra, otro subía a recoger el beso de la gloria. ¡Es justo y lo apruebo ahora, a un paso de la tumba! ¡Molière es un genio y Crstián era bello! *(En este instante, tras el tañido de la campana de la capilla, las monjas, por la avenida del fondo, se dirigen hacia sus oficios.)* ¡Que vayan a rezar: ya está sonando la hora!

ROSANA. *(Levantándose, para llamar.)*

¡Hermana!... ¡Hermana!...

CYRANO. *(Reteniéndola.)*

¡No!, no vayais a buscar a nadie, porque, cuando volvieseis, yo ya me habría ido. *(Las monjas han entrado en la capilla. Se oye la música del órgano.)* No faltaba más que esto: ¡un poco de armonía!

ROSANA.

Vivid, ¡yo os amo!

CYRANO.

¡No! Hasta en los cuentos, cuando alguien dice «te amo» al príncipe horrible, él siente desvanecerse su fealdad con estas palabras. Pero como podréis observar, yo permanezco igual.

ROSANA.

Yo os he hecho desgraciado... ¡yo, yo!

CYRANO.

¿Vos?... ¡Al contrario! Ignoraba la dulzura femenina. Mi madre me encontraba feo y no tuve hermanas; más tarde, temí constantemente las burlas de las mujeres. Os debo el haber tenido por lo menos una amiga. ¡Gracias a vos, por mi vida ha pasado una mujer!

LE BRET. *(Señalando el claro de luna, que baja entre las ramas.)*
Tu otra amiga viene a verte.

CYRANO. *(Sonriendo a la luna.)*
¡Ya la veo!

ROSANA.

¡No amé más que un solo ser y le pierdo por segunda vez!

CYRANO.

Le Bret, ¡hoy subiré a la Luna sin tener que inventar ninguna clase de máquinas!

ROSANA.

¿Qué decís?

CYRANO.

¡Allí, os lo repito, allí, me envían a forjarme mi propio paraíso! Allí están muchas almas queridas... ¡Allí encontraré a Sócrates,. a Galileo!...

LE BRET. *(Rebelándose.)*
¡No!... ¡No!... ¡Es demasiado estúpida esta muerte!... ¡Resulta demasiado injusta!... Un poeta tan grande, un corazón tan noble verse obligado a morir así... ¡a morir...!

CYRANO.

¡Ya está Le Bret gruñendo!

LE BRET. *(Inundado en llanto.)*

¡Amigo mío!

CYRANO. *(Levantándose en pleno delirio.)*

¡Éstos son los cadetes de Gascuña... La masa elemental...
¿Eh? ¡Claro!...

LE BRET.

Su ciencia delira.

CYRANO.

¡Copérnico dijo...!

ROSANA.

¡Oh!

CYRANO.

Pero también, ¡qué diablos iba a hacer, qué diablos iba a
hacer en esta galera!

> Filósofo, físico,
> poeta, espadachín, músico,
> inventor,
> fácil de palabra
> y amante, pero no por su bien.
> ¡Aquí yace, Hércules-Sabinio
> Cyrano de Bergerac,
> que fue todo y no fue nada!

Perdón pero me voy... No puedo hacer esperar a ese rayo
de luna que viene a llevarme. *(Ha vuelto a caer en su asiento, pero el llanto de Rosana le devuelve a la realidad; la mira
y acaricia sus velos.)* ¡No quiero que lloréis menos que a mí
a aquel bueno y bello amado vuestro, Cristián; únicamente os

pido, que cuando el frío supremo se haya adueñado de mis vértebras, deis doble sentido a estos velos fúnebres y que su duelo se convierta para vos un poco en mi duelo.

ROSANA.

¡Os lo juro!

CYRANO. *(Se levanta bruscamente, conmocionado por un fuerte estremecimiento.)*

¡No!... ¡Aquí no!... ¡No en este sillón! *(Los que le rodean quieren abalanzarse sobre él.)* ¡No me sostengáis!... ¡Nadie!... *(Va a apoyarse en el árbol.)* ¡Sólo el árbol! *(Silencio.)* ¡Ya viene!... ¡ya me siento asido por manos de mármol enguantadas de plomo!... *(Se yergue.)* ¡Ya que está en camino la esperaré de pie... *(Saca su espada.)* y con la espada en la mano!

LE BRET.

¡Cyrano!

ROSANA. *(Con voz desfallecida,)*

¡Cyrano!

(Todos retroceden, espantados.)

CYRANO.

¡Me parece que está mirando... que ha osado mirar mi nariz!... *(Levanta la espada.)* ¿Que decís?... ¿Que es inútil?... ¡Ya sé que en este combate no debo esperar el triunfo! ¡No!... ¿Para qué?... ¡Es más bello cuando se lucha inútilmente! ¿Cuántos sois?... ¿Mil?... ¡Os reconozco, mis viejos enemigos!... ¡La Mentira!... *(Golpeando con su espada en el vacío.)* ¡Toma! ¡toma!... ¡Ah, los Compromisos... los Prejuicios... las Cobardías!... *(Sigue golpeando.)* ¿Que pacte?... ¡Eso nunca!... ¿me oís bien? ¡nunca! ¡Ah, por fin te veo, Estupidez!... De sobra sé que al final me tumbaréis, mas no me importa: ¡lucho, lucho, lucho! *(Hace molinetes inmensos y se detiene jadeando.)* ¡Sí, vosotros me arrancáis todo, el laurel y la rosa¡ ¡Arrancadlos! ¡Hay una cosa que no me quitaréis!... ¡Esta noche, cuando entre en el cielo, mi saludo barrerá el suelo azul, y, mal que os pese, conmigo irá una cosa sin manchas ni arrugas... *(Arroja la espada a lo alto.)* y esa cosa es...

(La espada escapa de sus manos; vacila y cae en brazos de Le Bret y Ragueneau.)

ROSANA. *(Inclinándose sobre él y besándole en la frente.)*
  ¿Y es...?

CYRANO. *(Vuelve a abrir los ojos, la reconoce y añade sonriendo:)*
  ¡Mi penacho!

TELÓN